Learn English as KI

用美國小孩的方法
學會話

翻轉大腦的金字塔學習法

全MP3一次下載

AllTrack.zip

「※iOS系統請升級至iOS13後再行下載，此為大型檔案，建議使用WIFI連線下載，以免佔用流量，並確認連線狀況，以利下載順暢。」

| 使用說明 |

翻轉大腦的金字塔學習法！

用聽的舉一反三，3分鐘立即打開英文耳

用美國小孩學母語的方式，聽超有節奏感的Rap
讓孩子自然擁有母語人士的英語力

最實用的單元主題

本書共60個單元，包括交朋友、上學、和家人溝通、問路、買東西、點餐，講電話等實用場景。

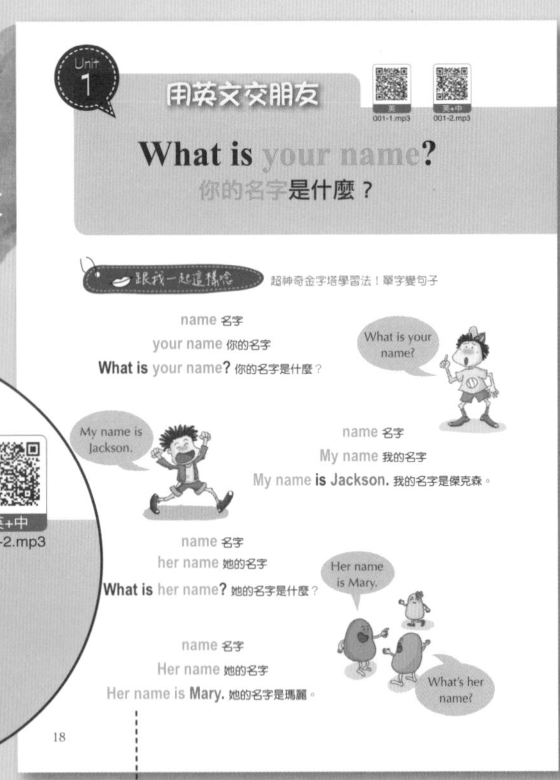
Unit 1
用英文交朋友
英
001-1.mp3
英+中
001-2.mp3
What is your name?
你的名字是什麼？
跟我一起這樣唸
超神奇金字塔學習法！單字變句子
name 名字
your name 你的名字
What is your name? 你的名字是什麼？
What is your name?
My name is Jackson.
name 名字
My name 我的名字
My name is Jackson. 我的名字是傑克森。
name 名字
her name 她的名字
What is her name? 她的名字是什麼？
Her name is Mary.
name 名字
Her name 她的名字
Her name is Mary. 她的名字是瑪麗。
What's her name?
18

貼心到家的QR碼音檔

將Dorina老師的超律動Rap分成兩種形式，掃描左邊會聽到「全英文」，掃描右邊會聽到「一句英文、一句中文」。

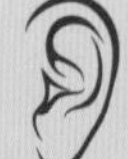

用聽的從單字變句子

不斷重複聽到單字，自然記住金字塔底端的句子。跟著節奏一遍英文、一遍英文跟中文的聽，瞬間連接單字、句子、語意與結構。明顯的顏色，更能加深記憶。

栩栩如生的角色扮演，增加故事趣味性

本書共9個重要角色，主要以小孩為主角，各角色在MP3錄音中個性分明，依序在家庭、校園、幫助外國人等主題進行常用的情境式對話。

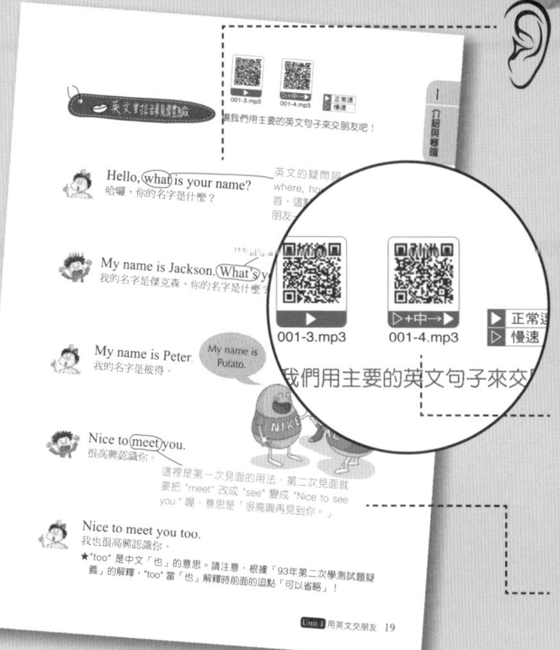

英文對話親體驗

001-3.mp3　001-4.mp3　正常速　慢速

讓我們用主要的英文句子來交朋友吧！

1 介紹與寒暄

Hello, what is your name?
哈囉，你的名字是什麼？

英文的疑問詞
where, ho
首，這
朋友

My name is Jackson. What's y
我的名字是傑克森。你的名字是什麼？

My name is Peter.
我的名字是彼得。

Nice to meet you.
很高興認識你。

這裡是第一次見面的用法，第二次見面就要把 "meet" 改成 "see" 變成 "Nice to see you." 喔，意思是「很高興再見到你。」

Nice to meet you too.
我也很高興認識你。

★"too" 是中文「也」的意思。請注意，根據「93年第二次學測試題疑義」的解釋，"too" 當「也」解釋時前面的逗點「可以省略」！

Unit 1 用英文交朋友 19

用聽的從句子變會話

在會話中可以聽到剛記住的所有句子，以美國小孩最常遇到的狀況為主，每單元4~6句的對話，由專業配音員以「正常速」及「慢速」兩種版本，一句一句引導學會道地英文。

精心設計的QR碼音檔

將情境會話切成兩種形式，左邊是「正常速」，右邊是「慢速的英文，一句英文、一句中文」以及再一次「正常速」。

一目了然的輔助說明

重點關鍵字、關鍵片語字彙都附有註解說明，用星號及紅圈圈引導閱讀，加強記憶。

擺脫教科書教的制式英文，換個方式說說看

換別的方式說出意思相同的英文，讓你的英文不再只是那幾句，使用和教科書不一樣的說法反而會引人注意唷！別人只會說「What is your name?」，你可以換個方式說「May I have your name?」喔！

你也可以這麼說　同樣的話也可以換個方式說喔！

★What is your name? 你的名字是什麼？

May I have your name? **我可以請問你的名字嗎？**
Could you give me your name, please? **您可以給我您的名字嗎？**

語言讓人覺得有趣的地方就是可以用很多種方式來表達同一件事情，當然，問別人名字時，最普通、最常用的句子就是「What is your name?」這句，但有時候我們也可以用請求的方式來問對方的名字，就好像中文的「可以…嗎？」一樣，英文也有「May I have your name?」或「Could you give me your name, please?」的說法，這種說法會讓人覺得你很有禮貌喔！

★My name is Peter. 我的名字是彼得。

I am Peter. **我是彼得。**
Peter. Peter Wang. **彼得，王彼得。**

雖然中文「我的名字是彼得」跟「我是彼得」的「是」都是一樣的，但英文裡面「my name」是第三人稱單數，be 動詞要用「is」，而「I」是第一人稱單數，be 動詞要用「am」，這點跟中文不一樣，小朋友千萬要小心。

★Nice to meet you. 很高興認識你。

Good to meet you. **很高興認識你。**
I am pleased to meet you. **很高興認識你。**

在英文的句子中，其實有很多的字是可以相互替代的，像「Nice to meet you.」這句也可以改寫成「Good to meet you.」或「Pleased to meet you.」，意思都不變。但要注意，前面兩句如果要寫成整句時，「It is nice/good to meet you.」跟最後一句「I am pleased to meet you.」在「主詞＋be 動詞」的地方是有差異的。

1 介紹與問候

會話UP！UP！ 使會話更加豐富的一句話！

Just call me ______. 叫我______就好了。

小朋友，你有暱稱或小名嗎？其實當我們交朋友的時候，如果讓對方叫我們的暱稱，會很快的跟對方變成好朋友喔！只要在介紹完自己的名字後，加上「Just call me ______.」這句話，就可以請對方叫我們的綽號或小名了呢。其實外國人有很多很長的名字，他們也會用這句話讓對方用更輕鬆的方式叫他們喔！例如「My name is Josephine. Just call me Joe.」（我的名字是約瑟芬。叫我裘就好了。）

My name is Cathy. Just call me Cat!
我看得出來你很像貓…

英文單字輕鬆學 一起大聲唸喔！

* hello [həˋlo] 招呼語 你好
* what [hwat] 副 代 什麼
* name [nem] 名 名字
* nice [naɪs] 形 很好的
* meet [mit] 動 遇見
* see [si] 動 見到
* too [tu] 副 也
* may [me] 助 可以（表示許可或請求許可）
* could [kʊd] 助 能，可（用於婉轉語氣）
* pleased [plizd] 形 高興的

Unit 1 用英文交朋友 21

提升會話力的關鍵句，一開口就像電影明星

用一句英文就讓同學、老師、外國人注意到你，英文說得更像外國人，讓會話更加豐富，一開口就像電影明星。比如，人家問「How are you?」，別人都回「I am fine, thank you.」，而你卻可以說「Never been better!」。

關鍵單字輕鬆學，用聽的、跟著唸就記住

最後再用不到一分鐘的時間聽單字，能夠記憶猶新，馬上記住所有生活中派得上用場的單字。

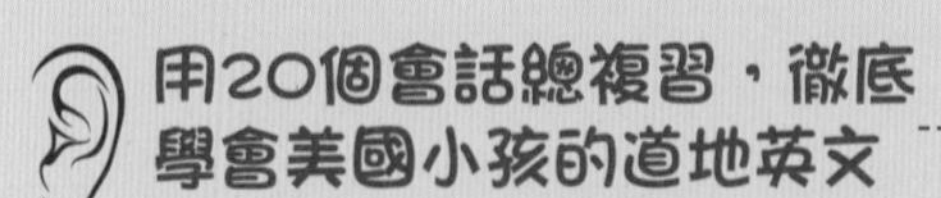

用20個會話總複習，徹底學會美國小孩的道地英文

每三個單元之後另外附贈一篇長篇對話，徹底複習前面幾課的內容，並由專業美籍配音員先以「正常速」→再以「慢速＋中文」來一句一句引導你學會常用的道地英文對話，用聽的就有印象。

一目了然的有色文字

前三課的重點會話句都用紅字呈現，立即加強記憶，復習道地英文。

Let's Talk! 長篇對話！

用前面幾課的內容，一起快樂的用英文對話吧！

Good morning, Nice to meet you.
早安，很高興見到你。

Pleased to meet you too. What's your name?
我也很高興見到你。你的名字是什麼？

My name is Peter. How about you?
我的名字是彼得。你呢？

My name is Jackson. Just call me Jack.
我的名字是傑克森。叫我傑克就好了。

Jackson? Sorry, how do you spell your name?
傑克森？抱歉，你的名字怎麼拼呢？

J-A-C-K-S-O-N. You can just call me Jack.
J-A-C-K-S-O-N。叫我傑克就好了。

Hi, Jack. How are you doing?
嗨，傑克！你好嗎？

Never been better! And you?
好得不能再好了！你呢？

I'm fine, thank you.
我很好，謝謝！

Great! And, who is she?
很好！那，她是誰呢？

30

本書MP3及QR碼有這些特色

從單字出發的學習法，輕鬆練出雙語力

3分鐘打開英文耳的超律動Rap與親歷其境的道地會話

本書音檔用了美國小孩學母語的方式，
以及金字塔學習法的四大特點，
讓0到100歲都能用聽的就會說英文。

特色一　美國小孩學母語，只要常聽就會說

美國小孩學母語，一開始都是聽爸媽重複地說簡短「單字」，例如「you...you」，他也會跟著重複唸「you...you」，接著才慢慢地延伸成「are you... are you」、最後再到句子「How are you」。本書音檔的第一個步驟，讓你感受一下重複單字慢慢堆疊成句子、帶有韻律的小金字塔結構。

特色二　跟著韻律與RAP律動，好玩又不乏味

本書音檔請名師Dorina用說唱律動Rap的方式將金字塔學習法賦予了超輕快韻律，變得更加活潑有趣。在歌曲節奏中，首先會聽到一遍全英文的Rap，邊聽邊唸記住其發音，第二遍的英文中文Rap，立刻記住其發音和語意。

特色三　只要三個步驟輕鬆從單字短句到會話

金字塔學習法的三個步驟，先聽單字記憶、再從單字變句子、最後還能變會話。因為會一直聽到重複很多遍的單字堆疊成句子，所以就會產生餘音繚繞的效果，不由自主地還會跟著節奏唸，四個小金字塔唸完也就等於記住了一問一答的會話，瞬間融會貫通單字、句子、語意與結構。

會話部分則是以美國小孩為主的常用對話，本書精心塑造出幾位小學生、一個家庭、和學校老師，在60個逼真場景中都有維妙維肖的角色聲音扮演，讓金字塔學習法立刻活用在生活中。

特色四　不限空間不限時間，QR碼隨掃隨聽，自然學會

結合科技及行動學習的QR碼音檔，將書中的精髓全部吸收在裡面，用聽的就非常有效果。一次囊括了金字塔學習法的三個步驟、以美國小孩為主的60個常用對話內容、以及單字複習總整理，只要用聽的，不管在哪都能學好你的英文。

Introduction

人物介紹

JENNY 姊姊

9 歲，國小四年級，興趣是看書和彈鋼琴。喜歡上學，但不喜歡補習或家教，數學不太好，英文還不錯。

PETER 弟弟

7 歲，國小二年級，很愛吃，喜歡玩 Wii、打籃球和踢足球。跟姊姊平常的感情還不錯，會關心姊姊，一起討論事情。心情好的時候還會幫忙做家事。

DAD 爸爸

36 歲，在貿易公司上班，喜歡假日時帶著孩子們一起去戶外運動，十分關心孩子的學習狀況，喜歡看棒球、看電視、種植花草。

MOM 媽咪

33 歲，家庭主婦，擅長料理，最拿手的一道菜是咖哩飯；把家裡打掃得很乾淨，看到小朋友把家裡弄得亂七八糟的時候，會大聲罵人喔！

ANDY 同學

7 歲，Peter 的同班同學，也是他最要好的朋友，一樣喜歡玩 Wii、打籃球和踢足球。

JACKSON 同學

9 歲，Andy 的朋友，也是 Jenny 的同班同學。像個小大人，喜歡模仿麥克傑克森。

LINDA 同學

9 歲，Jenny 的同班同學，常忘東忘西。興趣是彈鋼琴和吹長笛。

JOSEPHINE 女老師

28 歲，態度開朗的美國籍女英文老師，會説一點點的中文。

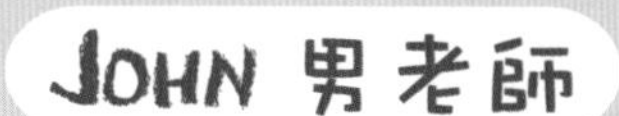

JOHN 男老師

30 歲，班導兼教電腦、才藝的男老師，個性活潑外向，喜歡開玩笑。

目錄

01 和朋友用英文聊天，愉快的一天

介紹與寒暄

上學去

課堂上

到朋友家玩

用英文問老師問題，超神氣

英文課

才藝班

上課中

介紹家庭

03 用英文和爸媽培養感情，我要做個乖小孩

放學後

管教與溝通

做家事

聊天

04 和兄弟姊妹一起快樂說英文

計畫

日常生活

想法分享

情感表達

05 用英文幫助別人，讓我好好表現

幫助他人

外出會話

06 用英文講電話，對答如流不緊張

接電話

打電話

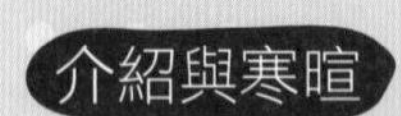

What is your name?
How are you doing?
How old is he?

上學去

How do you go to school?
What is the time now?
Why don't you come with me?

課堂上

Can you play the piano?
May I borrow your pen?
I agree with you.

到朋友家玩

Let's play Wii.
Congratulations on your birthday.
Thank you very much.

Chapter 01

和朋友用英文聊天愉快的一天

Unit
1

用英文交朋友

英
001-1.mp3

英+中
001-2.mp3

What is your name?

你的名字是什麼？

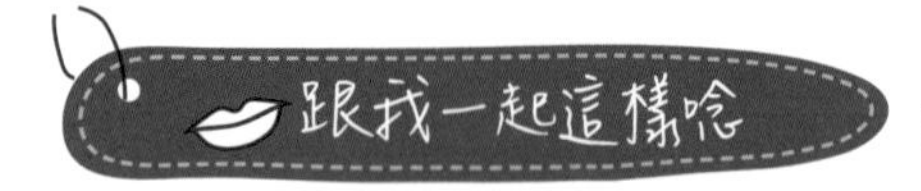
跟我一起這樣唸

超神奇金字塔學習法！單字變句子

name 名字

your name 你的名字

What is your name**?** 你的名字是什麼？

What is your name?

My name is Jackson.

name 名字

My name 我的名字

My name **is Jackson.** 我的名字是傑克森。

name 名字

her name 她的名字

What is her name**?** 她的名字是什麼？

Her name is Mary.
What's her name?

name 名字

Her name 她的名字

Her name is **Mary.** 她的名字是瑪麗。

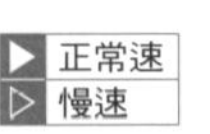

讓我們用主要的英文句子來交朋友吧！

Hello, what is your name?
哈囉，你的名字是什麼？

英文的疑問詞 who, what, where, how 等一定要放在句首，這點跟中文剛好相反，小朋友一定要特別記住喔！

What's = What is

My name is Jackson. What's your name?
我的名字是傑克森。你的名字是什麼？

長得都一樣…
根本搞不清楚
誰是誰嘛！
My name is Potato.
What's your name?
NIKE

My name is Peter.
我的名字是彼得。

Nice to meet you.
很高興認識你。

這裡是第一次見面的用法，第二次見面就要把 "meet" 改成 "see" 變成 "Nice to see you." 喔，意思是「很高興再見到你。」

Nice to meet you too.
我也很高興認識你。

★"too" 是中文「也」的意思。請注意，根據「93年第二次學測試題疑義」的解釋，"too" 當「也」解釋時前面的逗點「可以省略」！

同樣的話也可以換個方式說喔！

★What is your name? 你的名字是什麼？

May I have your name? 我可以請問你的名字嗎？
Could you give me your name, please? 您可以給我您的名字嗎？

語言讓人覺得有趣的地方就是可以用很多種方式來表達同一件事情，當然，問別人名字時，最普通、最常用的句子就是「What is your name?」這句，但有時候我們也可以用請求的方式來問對方的名字。就好像中文的「可以…嗎？」一樣，英文也有「May I have your name?」或「Could you give me your name, please?」的說法，這種說法會讓人覺得你很有禮貌喔！

★My name is Peter. 我的名字是彼得。

I am Peter. 我是彼得。
Peter. Peter Wang. 彼得，王彼得。

雖然中文「我的名字是彼得」跟「我是彼得」的「是」都是一樣的，但英文裡面「my name」是第三人稱單數，be 動詞要用「is」，而「I」是第一人稱單數，be 動詞要用「am」，這點跟中文不一樣，小朋友千萬要小心。

★Nice to meet you. 很高興認識你。

Good to meet you. 很高興認識你。
I am pleased to meet you. 很高興認識你。

在英文的句子中，其實有很多的字是可以相互替代的，像「Nice to meet you.」這句也可以改寫成「Good to meet you.」或「Pleased to meet you.」，意思都不變。但要注意，前面兩句如果要寫成整句時，「It is nice/good to meet you.」跟最後一句「I am pleased to meet you.」在「主詞＋be 動詞」的地方是有差異的。

會話加UP！UP！ 使會話更加豐富的一句話！

Just call me ______. 叫我_____就好了。

小朋友，你有暱稱或小名嗎？其實當我們交朋友的時候，如果讓對方叫我們的暱稱，會很快的跟對方變成好朋友喔！只要在介紹完自己的名字後，加上「Just call me _____.」這句話，就可以請對方叫我們的綽號或小名了呢。其實外國人有很多很長的名字，他們也會用這句話讓對方用更輕鬆的方式叫他們呢！例如「My name is Josephine. Just call me Joe.」（我的名字是約瑟芬。叫我裘就好了。）

My name is Cathy.
Just call me Cat!
我看得出來你
是隻貓…

英文單字輕鬆學 一起大聲唸喔！

001-5.mp3

* **hello** [hə`lo] 招呼語 你好

* **what** [hwɑt] 副 代 什麼
* **name** [nem] 名 名字
* **nice** [naɪs] 形 很好的
* **meet** [mit] 動 遇見
* **see** [si] 動 見到
* **too** [tu] 副 也
* **may** [me]
  助 可以（表示許可或請求許可）
* **could** [kʊd]
  助 能，可（用於婉轉語氣）
* **pleased** [plizd] 形 高興的

Unit
2

打招呼

英
002-1.mp3

英+中
002-2.mp3

How are you **doing?**
你好嗎？

跟我一起這樣唸

超神奇金字塔學習法！單字變句子

you 你

are you 你

How are you **doing?** 你好嗎？

How is she doing?

She is fine, thank you.

fine 很好

I am **fine.** 我很好。

I am **fine, thank you.** 我很好，謝謝。

How are you doing?

I'm fine, thank you.
警察伯伯，他想做壞事，抓他！

she 她

is she 她

How is she **doing?** 她好嗎？

fine 很好

She is **fine.** 她很好。

She is **fine, thank you.** 她很好，謝謝。

002-3.mp3

002-4.mp3
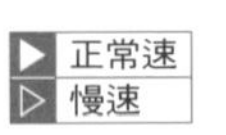

讓我們用主要的英文句子來交朋友吧！

Hello, Peter. Good morning.
哈囉，彼得！早安。

★午安是 Good afternoon，晚安是 Good evening（即使10點、11點的深夜也可以用），晚上睡覺前或道別前的晚安則是 Good night。

Morning, Andy! How are you doing?
早安，安迪！你好嗎？

以同樣的問題反問對方時，只要用 "And you?" 就可以唷

Excellent! And you?
超讚的！你呢？

How are you doing?
Excellent!
等下你就死定了~!

I am fine, thank you.
我很好，謝謝。

I'm = I am

Good! I'm going to play basketball. Will you come with me?
很好！我要去打籃球，你要跟我一起來嗎？

用 will 開頭的句子都表示未來式，未來的動作

Okay!
好！

同樣的話也可以換個方式說喔！

★How are you doing? 你好嗎？

How are you? 你好嗎？
How's it going? 你好嗎？

英文的「你好嗎？」有很多種講法，絕對不是只有課本上面講的「How are you?」一種而已，不過不管怎麼變，幾乎都是以「How」來開頭，所以只要掌握這個原則，聽到其他跟「How are you?」不一樣的問候語，也不會手忙腳亂喔。

★And you? 你呢？

How about you? 你呢？
How are you? 你好嗎？

反問別人同樣的問題，最安全的方法當然是把對方問的問題重複講一遍，但這樣其實還滿沒有效率的，最有效率的方法，就是用「And you?」或「How about you?」把問題丟回去，而且不管是什麼樣的問題都可以這樣做哦！例如：

A: What's your name? （你的名字是什麼？）
B: My name is Peter. And you? （我的名字是彼得。你呢？）
A: My name is Mark. （我的名字是馬克。）

★Fine, thank you. 我很好，謝謝。

I'm pretty good, thanks. 我很好，謝謝。
Not too bad, thank you. 還不錯，謝謝。

課本上的制式回答都是「(I am) fine, thank you.」但其實還有很多種回答方式。像前面 Andy 那種充滿朝氣的「Excellent!」也是很棒的。當然我們東方人比較含蓄，常常會以「還可以啦」、「還不錯啦」回答，那就用「Not too bad.」吧。

會話加UP！UP！ 使會話更加豐富的一句話！

Never been better! 好到不能再好了！

外國朋友通常都比較熱情，也比較樂觀。所以除了制式化的「I am fine, thank you.」，其實還有很多的答案可以回答，像上面這種回答就很正面，也很容易讓對方因為感染到你的快樂而朝氣勃勃的。當然跟很熟的朋友有時候也可以發洩一下自己難過的情緒，但每天快樂地過生活不是更好嗎？

英文單字輕鬆學 一起大聲唸喔！

002-5.mp3

* how [haʊ] 副（指健康等情況）怎樣
* fine [faɪn] 形 健康的，好的
* good [gʊd] 形 好的
* morning [`mɔrnɪŋ] 名 早晨
* excellent [`ɛksḷənt] 形 極佳的
* thank [θæŋk] 動 感謝
* play [ple] 動 玩
* basketball [`bæskɪt͵bɔl] 名 籃球
* will [wɪl] 助 將要
* come [kʌm] 動 來
* okay [`o`ke] 口 好

Unit
3

介紹我的朋友

英
003-1.mp3

英+中
003-2.mp3

How old is he?

他幾歲？

跟我一起這樣唸

超神奇金字塔學習法！單字變句子

old 歲

How old 幾歲

How old is 幾歲

How old is he? 他幾歲？

How old is he?

He is seven years old.

six 六

He is six 他是六

He is six years 他是六年

He is six years old. 他六歲。

old 歲

How old 幾歲

How old are 幾歲

How old are you? 你幾歲？

How old are you?
人家才25歲啦~！
前幾天才過40歲生日的說…

seven 七

I am seven 我是七

I am seven years 我是七年

I am seven years old. 我七歲。

讓我們用主要的英文句子來交朋友吧！

Hi, Andy! Who is he?
嗨，安迪！他是誰呢？

who 相當於中文的「誰」，所以問跟「誰」有關的問句，都可以用 who 來詢問

Hi, Peter. That is my friend, Jackson.
嗨，彼得！那是我朋友傑克森。

並不只限名字哦！任何單字我們都可以用 spell 來要求對方拼給我們哦

How do you spell his name?
他的名字怎麼拼呢？

你不是世界上最美麗的女人。
是在說我啦！
Who is she~~!! 敢比我美！

J-A-C-K-S-O-N.
J-A-C-K-S-O-N。

How old is he?
他幾歲呢？

old 單獨的意思是「老」的意思，how old 則可以想成中文「多老」，也就是「幾歲」的意思

He is nine years old.
他九歲。

同樣的話也可以換個方式說喔！

★Who is he? 他是誰？

Do you know who he is?
你知道他是誰嗎？
May I know his name?
我可以知道他的名字嗎？

英文 who 的意思就是中文的「誰」，用 who 可以去問對方的姓名、職位或是跟自己的關係。例如 Who is she?（她是誰？），He is my friend.（她是我朋友），但如果只針對名字詢問的話，就要把 name 這個單字加進去。

★How to spell his name? 他的名字怎麼拼？

How do you spell his name?
你要怎麼拼他的名字呢？
Can you spell his name for me, please?
您可以把他的名字拼給我嗎？

當我們要問別人「怎麼去做什麼事」都可以使用「How to」的方式來問，但是這是比較口語化、簡化的問法，而符合正規文法的問法是「How do you...?」當然也可以用更客氣的「Can you...?」來請求。

★He is six years old. 他六歲。

He is six. **他六歲。**
He is six of age. **他六歲。**

問年紀的問句是「How old are you?」（你幾歲？），當問問題的人跟回答的人都知道所講的主題是「歲數」時，回答就可以把「years old」給省略掉，直接講數字。如果想要用更正式的講法，也可以把「years old」改成「of age」。

使會話更加豐富的一句話！

This is my friend, ____. 這位是我朋友 ____。

朋友是越多越好！所以，各位小朋友，當我們用前一課的句子結交到外國朋友後，也要懂得如何把自己的朋友介紹給他們哦！有些小朋友，因為不知道怎麼做介紹，常常會慌慌張張地用手指著要介紹的人然後不斷重複喊著他的名字。其實只要把「This is my friend, _____.」這句學好，就可以避免這樣的尷尬場面。

英文單字輕鬆學

一起大聲唸喔！

003-5.mp3

* **how old** 片 幾歲
* **how** [haʊ] 副 （指數量，程度）多少
* **old** [old] 形 老的，舊的
* **year** [jɪr] 名 年
* **friend** [frɛnd] 名 朋友
* **spell** [spɛl] 動 拼單字
* **who** [hu] 代 誰
* **know** [no] 動 知道
* **please** [pliz] 副 請、拜託（用於請求或命令）

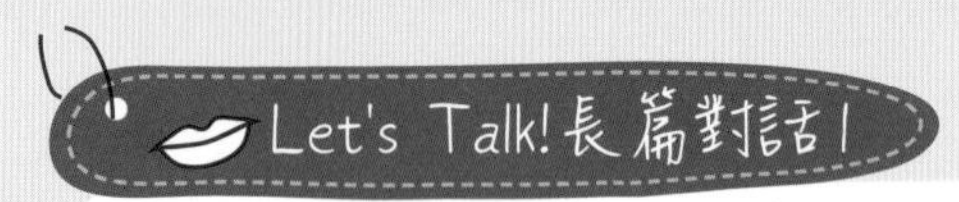

Good morning, Nice to meet you.
早安，很高興見到你。

Pleased to meet you too. What's your name?
我也很高興見到你。你的名字是什麼？

My name is Peter. How about you?
我的名字是彼得。你呢？

My name is Jackson. Just call me Jack.
我的名字是傑克森。叫我傑克就好了。

Jackson? Sorry, how do you spell your name?
傑克森？抱歉，你的名字怎麼拼呢？

J-A-C-K-S-O-N. You can just call me Jack.
J-A-C-K-S-O-N。叫我傑克就好了。

Hi, Jack. How are you doing?
嗨，傑克！你好嗎？

Never been better! And you?
好得不能再好了！你呢？

I'm fine, thank you.
我很好，謝謝！

Great! And, who is she?
很好！那，她是誰呢？

Oh! This is my sister, Jenny.
哦！這是我姐姐，珍妮。

Hello, Jenny! Good to meet you. I'm Jack.
哈囉，珍妮！很高興認識妳。我是傑克。

Hi, Jack! Nice to meet you.
嗨，傑克！很高興認識你。

Jenny, how old are you?
珍妮，妳幾歲呢？

I'm nine years old.
我九歲。

How about Peter?
彼得呢？

I'm seven.
我七歲。

問同學如何去上學

英
004-1.mp3

英+中
004-2.mp3

How do you go to school?

你如何上學？

超神奇金字塔學習法！單字變句子

By bus.

How do you go to school?

校車

school 學校

go to school 上學

How **do you** go to school**?** 你如何上學？

沒必要穿成這樣吧！
You go to school by bike.
一定要有萬全的準備！不然太危險了。

school 學校

go to school 上學

I go to school by **bus.** 我坐公車上學。

school 學校

go to school 上學

How **does Jenny** go to school**?** 珍妮如何上學？

We go to school by this!!
你們是去哪裡上課呀？

school 學校

goes to school 上學

She goes to school by **bike.** 她騎腳踏車上學。

004-3.mp3

004-4.mp3

正常速
慢速

英文對話親體驗

讓我們用主要的英文句子來交朋友吧！

在問別人問題時，英文的疑問詞 how, what 等一定要置於句首，這和中文語法大不相同，小朋友一定要記住喔！

Hello, Jenny. How do you go to school?
哈囉，珍妮。你如何上學呢？

搭乘交通工具用法：by + 交通工具。記住！在這用法中，交通工具前不加不定冠詞 a / an 或定冠詞 the

I go to school by bike. How about you?
我騎腳踏車上學。那你呢？

「走路」，我們需用單數 foot。因為我們不會雙腳併攏跳著上學

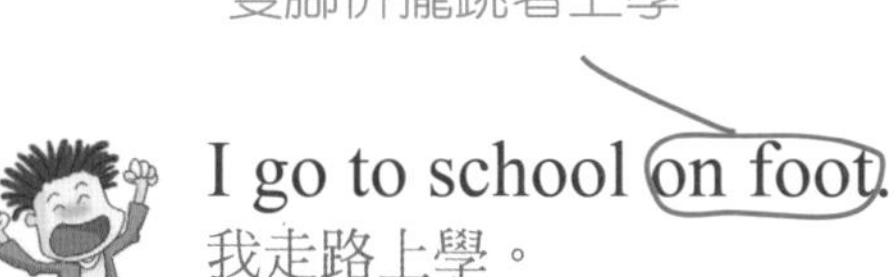

I go to school on foot.
我走路上學。

How do you go to school?

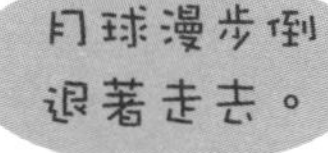
月球漫步倒退著走去。

= You are

No wonder. You're always later than I.
難怪，你總是比我慢到學校。

頻率副詞須放在 be 動詞之後，一般動詞之前

同樣的話也可以換個方式說喔！

★How do you go to school? 你如何上學呢？

How do you get to school? **你如何上學呢？**
What do you take to school? **你搭乘什麼上學呢？**

除了用「go to school」表示「去學校」外，我們也可以用「get to school」表示我們「到學校」。另外，如果我們想問「搭乘什麼交通工具去上學」，就要用「What do you take to school?」來問了。

★I go to school on foot. 我走路上學。

I walk to school. **我走路上學。**

你可以用簡短直接的方式回答，但也可以用另一個動詞「walk」來表達走路上學的意思。小朋友要特別注意喔，只有「用腳走路」，我們才用「on foot」，但如果我們是用其他的交通工具，則是要用「by＋交通工具」，不要搞混囉！

★How about you? 你呢？

What about you? **你呢？**
And you? **你呢？**

不管對方問任何問題，我們都可以用這些句子來反問對方。例如：

A: Do you like to read English novels?（你喜歡看英文小說嗎？）

B: Yes, I do. How about you?（喜歡。那你呢？）

A: Me, too.（我也喜歡。）

只不過，當氣氛比較輕鬆的狀況下，用 How about you? 會比較適合，而氣氛比較沒有那麼輕鬆的時候，小朋友還是用 What about you? 會比較好唷。

會話加UP！UP！ 使會話更加豐富的一句話！

Let's go to school together next time!

下次一起去上學吧！

小朋友，你們上學的時候都是自己上學呢？還是爸爸媽媽帶你們上學呢？小時候老師常常跟鄰居的小朋友一起上學呢！跟認識的小朋友一起上學很好玩喔，一邊走一邊聊天，完全不會感覺到累呢！當你問完對方式如何上學後，也可以利用這句話，邀請他跟你一起上學喔～！

英文單字輕鬆學 一起大聲唸喔！

004-5.mp3

* go [go] 動 去
* school [skul] 名 學校
* bike [baɪk] 名 腳踏車
* scooter [`skutɚ] 名 機車
* foot [fʊt] 名 （單數）腳
* no wonder 片 難怪
* to [tu] 介 到
* how [haʊ] 副 如何（用來問候或問怎麼去某地方的疑問詞）
* bus [bʌs] 名 公車
* take [tek] 動 搭乘
* walk [wɔk] 動 名 走路

Unit
5

現在幾點了

英

005-1.mp3

英+中

005-2.mp3

What is the time **now?**

現在幾點**了？**

跟我一起這樣唸

超神奇金字塔學習法！單字變句子

time 時間

the time 時間

What is the time **now?** 現在幾點？

5 o'clock.

Five to six.

five 五

It is five 它是五

It is five o'clock**.** 現在五點鐘。

time 時間

the time 時間

What is the time **now?** 現在幾點？

five 五

It is five 它是五

It is five to six**.** 再五分鐘就六點。

Excuse me, what is the time now?
3, 2, 1...
23:59:55

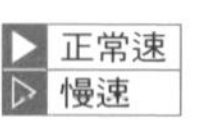

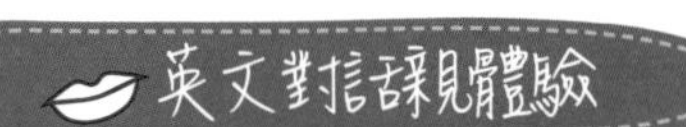

讓我們用主要的英文句子來交朋友吧！

Good Morning, Andy.
早安，安迪。

Good Morning, Peter.
早安，彼得。

Excuse me.是很常用的句子，可以是「不好意思，請問…」、「抱歉，我想知道…」。另外，有時候在公車、火車或捷運上人太多，要下車時，我們也可以說「Excuse me.」，意思是「借過」

Excuse me, what is the time now?
請問現在幾點？

It is eight.
八點。

= It is time to go

Thanks. Time to go.
謝謝，該走囉。

= let us

Okay, Let's go.
好的，走吧！

再玩一下啦~!
仙杜瑞拉！12點了！
Time to go!
再不走就穿幫了。

同樣的話也可以換個方式說喔！

★What is the time now? 現在幾點？

What time is it? **現在幾點？**
What time, please? **請問幾點？**
Do you have the time? **你知道時間嗎？**

一般問別人「現在幾點」，最普遍的方法是「What is the time now?」、「What time is it?」。而在會話裡面又可以更簡化，所以講 What time? 也是可以的。至於「Do you have the time?」，小朋友在用的時候要小心，因為跟「Do you have time?」（你有空嗎？）很類似，差別在於 the，所以別把問時間變成問別人是否有空哦！

★It is six. 六點。

It is six o'clock. **六點。**
It is six o'clock sharp. **六點整。**

整點的部分我們只要說出數字，或在數字後面加上 o'clock 就可以了。再加上 sharp 只是想要強調整點，不多不少。那麼，其他的時間要怎麼說呢？我們一起來看看：

6:05 It is six o five.　　6:10 It is six ten.
6:15 It is six fifteen.　　6:30 It is six thirty.

基本上，用英文表達時間是非常簡單的事，只要把數字唸出來就行了。當然，也是可以有很多變化，例如：

6:05 It is five (minutes) past six.。minutes 是指分鐘，可以省略不說；past 是指「過了」，也就是六點過了五分鐘。

6:15 It is a quarter past six; It is a quarter after six.。quarter 是指「一刻」、「四分之一」，也就是十五分鐘。

6:30 It is half past six.。half 是指「一半」，也就是六點過了一半。

6:45 It is a quarter (fifteen minutes) to seven.。這裡的 to 是指「要到」，也就是要到七點還有十五鐘。

會話加UP！UP！ 使會話更加豐富的一句話！

What date is today? 今天是幾月幾號？

現在，時間會問了，小朋友會問日期、星期嗎？先來複習一下日期跟星期的英文。要問日期，關鍵字用 date，要問星期，關鍵字用 day，疑問詞就和問時間一樣用 what，所以「幾號」是 What date is it，而「星期幾」就是 What day is it。

一起大聲唸喔！

005-5.mp3

＊以下是時間數字**1～60**的英文說法

one	1	eleven	11	twenty-one	21	thirty-one	31	forty-one	41	fifty-one	51
two	2	twelve	12	twenty-two	22	thirty-two	32	forty-two	42	fifty-two	52
three	3	thirteen	13	twenty-three	23	thirty-three	33	forty-three	43	fifty-three	53
four	4	fourteen	14	twenty-four	24	thirty-four	34	forty-four	44	fifty-four	54
five	5	fifteen	15	twenty-five	25	thirty-five	35	forty-five	45	fifty-five	55
six	6	sixteen	16	twenty-six	26	thirty-six	36	forty-six	46	fifty-six	56
seven	7	seventeen	17	twenty-seven	27	thirty-seven	37	forty-seven	47	fifty-seven	57
eight	8	eighteen	18	twenty-eight	28	thirty-eight	38	forty-eight	48	fifty-eight	58
nine	9	nineteen	19	twenty-nine	29	thirty-nine	39	forty-nine	49	fifty-nine	59
ten	10	twenty	20	thirty	30	forty	40	fifty	50	sixty	60

005-6.mp3

Time is up 時間單字怎麼說

小朋友，看時鐘對你來說是一件容易的事情，還是一件很困難的事情呢？我們可以用以下的時鐘圖解，以及英文數字的概念，來學會時間的英文表達唷！

用英文來表示幾點鐘，可以這麼說喔！

2 點
two o'clock

8 點
eight o'clock

4 點 30 分
four thirty

如何詢問及回答「現在幾點」呢？

What time is it? 現在幾點？
It's almost noon. 快中午了。
It's one o'clock. 現在是一點。

It's five after one.
現在是一點過後五分。
（一點五分）

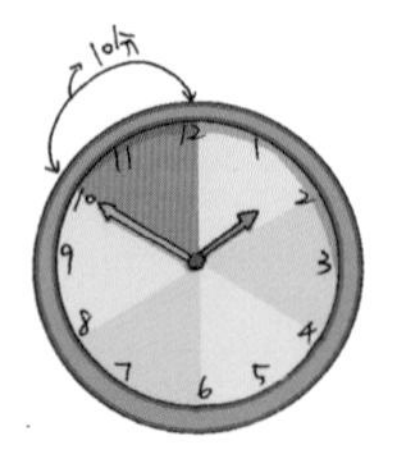

It's ten to two.
還差十分就兩點了。
（一點五十分）

如果時間是 1 點 30 分，我們也可以說是 1 點半！
當然在英文的句子裡也是可以這麼說的喔！

a half

如果時間是 30 分時，也可以用「a half」來表示，代表一個小時的一半，也就是 30 分鐘囉！

a quarter = 4分之1

如果時間是 15 分或是 45 分時，就可以用「a quarter」來表示，代表一刻鐘 15 分鐘的意思喔！

half past

1 點 30 分

It's one thirty. 現在是 1 點 30 分。
It's half past one. 現在是 1 點過了一半。
（也就是 1 點 30 分）

a quarter to

3 點 45 分

It's three forty-five. 現在是 3 點 45 分。
It's a quarter to four. 再 15 分就 4 點了。
（也就是 3 點 45 分）

a quarter past

10 點 15 分

It's ten fifteen. 現在是 10 點 15 分。
It's a quarter past ten. 現在是 10 點過了 15 分。
（也就是 10 點 15 分）

Dates & Days 日期裡的單字怎麼說

005-7.mp3

小朋友，你知道月份和星期應該怎麼說嗎？我們快來看看吧！

一個禮拜有7天，這7天該怎麼說呢？

Days

Monday	星期一
Tuesday	星期二
Wednesday	星期三
Thursday	星期四
Friday	星期五
Saturday	星期六
Sunday	星期日

一年有12個月，這12個月又該怎麼說呢？

005-8.mp3

Months

January
一月

February
二月

March
三月

April
四月

May
五月
May 8
母親節是五月第二個星期日唷！
June
六月
Jun 20
六月是畢業季！
July
七月
Jul 4
August
八月
Aug 8
September
九月
Sep 28
October
十月
oct 31
November
十一月
Nov 24
感恩節是11月第四個星期四唷！
December
十二月
Dec 25

小朋友，重要的事可以寫在行事曆上免得忘記喔！
知道幾月幾日要怎麼說嗎？來看看下面這個表格：

Sunday	Monday	Tuesday	Wednesday	Thursday	Friday	Saturday
		1st FIRST	2nd SECOND	3rd THIRD	4th FOURTH	5th FIFTH
6th SIXTH	7th SEVENTH	8th EIGHTH	9th NINTH	10th TENTH	11th ELEVENTH	12th TWELFTH
13th THIR-TEENTH	14th FOUR-TEENTH	15th FIFTEENTH	16th SIX-TEENTH	17th SEVEN-TEENTH	18th EIGH-TEENTH	19th NINE-TEENTH
20th TWENTIETH	21st TWENTY-FIRST	22nd TWENTY-SECOND	23rd TWENTY-THIRD	24th TWENTY-FOURTH	25th TWENTY-FIFTH	26th TWENTY-SIXTH
27th TWENTY-SEVENTH	28th TWENTY-EIGHTH	29th TWENTY-NINTH	30th THIRTIE-TH	31st THIRTY-FIRST		

日期的表達在英文中是用序數，像是「一號」就是 (the) first。
序數除了使用於日期的表達，也可適用於以下各種情境喔！

005-9.mp3

情境一：詢問今天的日期…

What's the date today?
今天是幾號？
It's February fourteenth.
今天是二月十四號。

情境二：詢問排隊號碼時…

Who is 3rd?
誰是第三個？
Not me. I'm 2nd.
不是我。我是第二個。

情境三：詢問幾年級時…

What grade are you in?
你幾年級？
I'm in 4th grade.
我四年級。

情境四：詢問搭電梯去幾樓時…

Which floor are you going to?
你要去幾樓？
I'm going to the 3rd floor.
我要去三樓。

Unit
6

邀同學一起去學校

英
006-1.mp3

英+中
006-2.mp3

Why don't you come with me?

你何不跟我一起來？

跟我一起這樣唸

超神奇金字塔學習法！單字變句子

Why don't 何不

Why don't you 你何不

Why don't you **come with me?** 你何不跟我來呢？

一起去打籃球！
Why don't you come with me?

我…我太矮了…

Why don't you go with him?

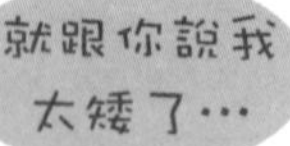

就跟你說我太矮了…

Why don't 何不

Why don't you 你何不

Why don't you **come with us?** 你何不跟我們來呢？

Why don't 何不

Why don't you 你何不

Why don't you **go with him?** 你何不跟他去呢？

Why don't 何不

Why don't you 你何不

Why don't you **go with her?** 你何不跟她去呢？

我們來去參加大胃王比賽吧！
Why don't you come with us?
我在減肥。

▶ 正常速
▷ 慢速

006-3.mp3　006-4.mp3

讓我們用主要的英文句子來交朋友吧！

Hello, Linda.
哈囉，琳達。

小紅帽~
Where are you going?
哈哈哈！我才不會笨到跟你說我要去外婆家呢！
笨！

Hi, Jenny.
嗨，珍妮。

表達「去哪裡、在哪裡」的疑問詞用 where

Where are you going?
妳要去哪裡？

這裡的 to 原來是「I'm going to＋地方」

To the teacher's office. What about you?
去老師辦公室，妳呢？

= How about

也可以用 I'm going, too.

Me, too. Why don't you come with me?
我也是，何不跟我一起去呢？

同樣的話也可以換個方式說喔！

★Why don't you go with me?
何不跟我一起去？

Why not go with me? **何不跟我一起去？**
Why don't we go together? **我們何不一起去？**

邀請或提議同學去做什麼時，小朋友可以用 Why not...?（何不…？），只不過要注意一點，「why not」後面直接用原形動詞，而「why don't/doesn't」後面要接「主詞＋動詞」，例如：

Why not go to dinner tonight?（今天晚上何不一起吃晚餐呢？）
Why don't you watch DVD with me?（你何不跟我一起看 DVD 呢？）

★Where are you going? 你要去哪？

Where are you headed? **你要去哪？**
Where are you bound? **你打算要去哪？**

這三種表達方式都在問對方要去哪裡，比較常用的說法就是 Where are you going? 但回答的時候，所要用的介系詞有點不一樣唷。例如，有人問你 Where are you going?，你可以回答 I'm going to Taipei.（我要去台北）。有人問你 Where are you bound?，你則可以回答 I'm bound for Taipei.（我要去台北）。有人問你 Where are you headed?，則可以回答 I'm headed for Taipei.（我要去台北）。

★Me, too. 我也是。

Me also. **我也是。**

too 是「也」的意思。例如，你的朋友說 I do my homework every day.（我每天都有做功課），你可以回答 Me, too.。但是小朋友如果想說「我也不是」，要用 Me, either.，either 表示的「也」帶有否定的意思，而 too 表示的「也」是肯定的意思。例如，你的朋友說 I don't like dogs.（我不喜歡狗狗），那麼你想回答說「你也不喜歡」，你可以說 Me, either.。

會話力UP！UP！ 使會話更加豐富的一句話！

Would you like to...? 你要不要、想不想…？

小朋友平常都怎麼跟朋友同學相處呢？是不是常會跟同學說「要不要跟我一起…？」或者「想不想去／做…？」，你也可以用簡單的英文說哦，只要跟同學、朋友說「Would you like to....?」就行了。例如想問「要不要下課去吃冰淇淋？」，可以說 Would you like to have/eat ice-cream after school?，還是想問「待會兒要不要一起去打籃球？」可以說 Would you like to play basketball later?。記得在「Would you like to」後面加上原形動詞。

英文單字輕鬆學 一起大聲唸喔！

006-5.mp3

* **play dodge ball** 玩躲避球
* **have some snacks** 吃點心
* **go to the library** 去圖書館
* **study English together** 一起讀英文
* **do homework** 做作業
* **go home by bus** 坐公車回家
* **walk home** 走路回家
* **join the study group** 參加讀書會
* **join the music club** 參加音樂社團
* **club** [klʌb] 名 社團

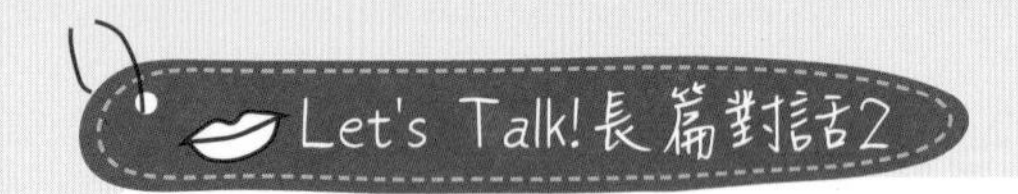

Let's Talk! 長篇對話2

用前面幾課的內容，一起快樂的用英文對話吧！

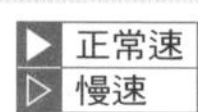

Good morning, Andy. You're almost late.
早安，安迪。你快遲到囉。

I overslept.
我睡過頭了。

No wonder. How do you go to school?
難怪。你是怎麼去學校的呢？

I usually go to school by bike but sometimes on foot.
我經常騎腳踏車上學，但有時候走路。

Don't we use the same route to school? Why don't we take the bus together?
我們上學的路不是一樣嗎？為什麼不一起坐公車呢？

It sounds good to me!
這主意聽起來很棒耶！

Andy, Peter! Why are you standing here?
安迪、彼得！你們怎麼站在這裡呢？

Hello, Ms. Josephine.
哈囉，約瑟芬老師。

Good morning, Ms. Josephine.
早安，約瑟芬老師。

What is the time now?
現在幾點了？

Oh! It is nine o'clock.
哦！現在九點了。

So, it is about time to start today's class. Please get into the classroom.
那麼，準備開始上今天的課了，請進教室。

Sorry. We shouldn't chat so long.
抱歉，我們不應該聊那麼久。

Sorry.
抱歉。

問同學會做什麼

Can you play the piano?

你會彈鋼琴嗎？

超神奇金字塔學習法！單字變句子

piano 鋼琴

play the piano 彈鋼琴

Can you play the piano**?** 你會彈鋼琴嗎？

Can you jump?

piano 鋼琴

play the piano 彈鋼琴

No, I can't play the piano**.** 不會，我不會彈鋼琴。

piano 鋼琴

play the piano 彈鋼琴

Can your sister play the piano**?** 你的姊姊會彈鋼琴嗎？

piano 鋼琴

play the piano 彈鋼琴

Yes, she can play the piano**.** 會，她會彈鋼琴。

有人在欺負我們家的馬鈴薯嗎？
哇

007-3.mp3

007-4.mp3

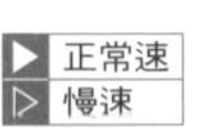

讓我們用主要的英文句子來交朋友吧！

用助動詞 can 來表達「能力」

Can you play the piano, Jenny?
妳會彈鋼琴嗎，珍妮？

樂器名稱前需使用定冠詞「the」

Yes, I can.
會，我會。

I'm not good at playing it.
不過我很會伴舞。

我比較希望你不要跳耶…

在這裡指 the piano

Can you play it very well?
妳可以彈得很好嗎？

= And you?

Of course, I can. How about you?
當然，我可以。你呢？

在介系詞後面的動詞都要再加上 ing

Hmm… I'm not good at playing it.
嗯…我對彈鋼琴不擅長。

★當要說明一個人擅長於何事，我們可使用此片語「be 動詞（am, is, are）good at」形容。"at"為介系詞，在其之後的動詞需以"~ing"來表示。反之，不擅長於何事，只要在 be 動詞之後加個"not"就可以。

同樣的話也可以換個方式說喔！

★Of course. 當然。

Certainly. 當然。
Absolutely. 絕對。

當我們要強調對他人所提出的問題答案是肯定時，最常使用的答句幾乎都是「Of course!」。我們也可以用「Certainly!」或是「Absolutely!」來表示百分之百確定、同意或加強語氣。

★Can you play the piano? 你會彈鋼琴嗎？

Can you play the pianoforte? 你會彈鋼琴嗎？
Can you play the grand piano? 你會彈鋼琴嗎？

在英文中，鋼琴種類有很多，我們從小到大所學的都是 piano。它在早期是「pianoforte」呢！而「grand piano」也是指鋼琴，但通常是出現在演奏會中的平台型鋼琴喔！

★I'm good at playing the piano. 我擅長於彈鋼琴。

I'm clever at playing the piano. 我擅長於彈鋼琴。
I'm skilled in playing the piano. 我精通於彈鋼琴。

「擅長」二字，在英文中除了可以用「be good at」來形容，也可以用「be clever at」或「be skilled in」來說明。嚴格區分的話，前者屬於「聰明伶俐的擅長」；後者則屬於「技能性的擅長」！

會話力UP！UP！ 使會話更加豐富的一句話！

Would you like to listen to my ______?

你想要聽我的_____嗎？

小時候，常聽大人說「學音樂的小孩子不會變壞」。所以很多爸爸媽媽就會讓小朋友學習各種樂器。當我們跟外國朋友談到音樂的時候，其實不需要太害羞，可以更大方的表現自己。我們可以用這句話來詢問對方有沒有興趣來聽我們的演奏，相信你的朋友一定會因為你的表演佩服得不得了！「Would you like to listen to my _____?」後面請填上你會演奏的樂器喔！

Would you like to listen to my violin?
嘰！
饒了我吧~

英文單字輕鬆學 一起大聲唸喔！

007-5.mp3

* **can** [kæn] 助 會；可以
* **piano** [pɪˋæno] 名 鋼琴
* **good** [gʊd] 形 擅長於…
* **absolutely** [ˋæbsə͵lutlɪ] 副 當然
* **grand piano** [grænd pɪˋæno] 名 平台型鋼琴
* **skilled** [skɪld] 形 熟練的
* **play** [ple] 動 彈奏、演奏；玩
* **of course** 片 當然
* **certainly** [ˋsɝtənlɪ] 副 當然
* **pianoforte** [pɪ͵ænəˋforte] 名 鋼琴
* **clever** [ˋklɛvɚ] 形 擅長於…
* **at** [æt] 介 在…方面；在…地點

Unit
8

跟同學借東西

英
008-1.mp3

英+中
008-2.mp3

May I borrow **your pen?**

我可以跟你借**支筆嗎？**

跟我一起這樣唸

超神奇金字塔學習法！單字變句子

pen 筆

your pen 你的筆

borrow **your pen** 跟你借支筆

May I borrow **your pen?** 我可以跟你借支筆嗎？

Yes, you may.
May I borrow your pen?

你要金斧頭還是要普通的斧頭？
May I borrow your ax?
有了金斧頭就不用砍柴了~!

may 可以

you may 你可以

Yes, you may**.** 是的，你可以的。

pencil 鉛筆

your pencil 你的鉛筆

borrow **your pencil** 跟你借支鉛筆

May I borrow **your pencil?** 我可以跟你借支鉛筆嗎？

都什麼時代了，還用什麼斧頭。

sorry 抱歉

I'm sorry 很抱歉

No, I'm sorry**.** 不行，很抱歉。

008-3.mp3

008-4.mp3

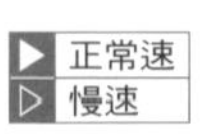

正常速
慢速

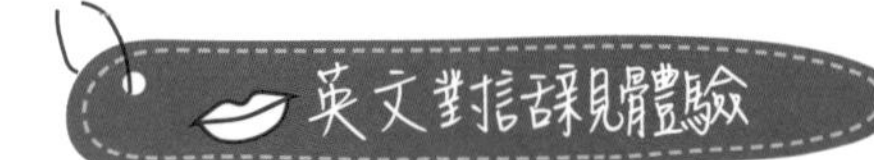

英文對話現體驗

讓我們用主要的英文句子來交朋友吧！

對人有所請求時可以使用的禮貌用語

Excuse me, Jenny. May I borrow your pen?
不好意思，珍妮。我可以跟妳借支筆嗎？

表示「可能性」之詢問在問句中，意思就是「可以…嗎？」

Yes, you may.
好，可以呀。

= too

May I borrow your pencil as well?
我也可以跟妳借支鉛筆嗎？

這一句用於「把某人所需的東西給他」

Here you are.
在這裡。

Thank you very much, Jenny.
非常感謝妳，珍妮。

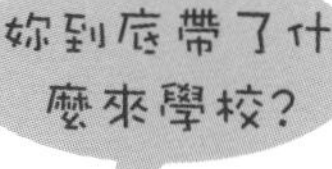

May I borrow your pen, pencil, eraser, and book?
妳到底帶了什麼來學校？

同樣的話也可以換個方式說喔！

★May I borrow your pencil as well?
我也可以跟你借支鉛筆嗎？

May I borrow your pencil, too?
我也可以跟你借支鉛筆嗎？
May I also borrow your pencil?
我也可以跟你借支鉛筆嗎？

「as well」這個副詞片語要放在句子最後面，「too」也是置於句子後面；而且，我們也可以用「also」來表示，但它的位置要放在「be 動詞、助動詞」之後以及「一般動詞」之前。

★Here you are. 這就是了；給你吧。

There you are. **這就是了；給你吧。**
Here you go. **這就是了；給你吧。**
There you go. **這就是了；給你吧。**

當別人向我們借東西時，我們可以大方地對他說「在這裡」、「這就是了」或是「給你吧」。不同的是，前二句屬於英式用法，較為正式；後二句則是較為口語的美式用法。

★Thank you very much. 非常謝謝您。

Thanks a lot. **非常謝謝。**
I appreciate it. **我很感激。**

這三句說法皆可使用，沒有好或不好的差別。在非常感謝對方的狀況，小朋友甚至也可以說 Thank you, I appreciate it.。而在朋友之間，我們也可以只用 Thanks! 就可以了。

會話加UP！UP！

使會話更加豐富的一句話！

I'm very thankful for ______.

對於_____我非常感謝。

感謝之情，往往很難用言語來形容。但若不說出口，又會讓別人誤認為是個不懂禮貌的人。除了可以用最簡單的「Thank you」來表達，我們來學學「thank」的形容詞「thankful」的用法，對於某事而感激，我們可以說「I'm thankful for＋名詞／動詞 ing」喔。

織女，
您又發福了。
喜鵲，
I'm thankful for
your help.
你們可不可以不
要再胖下去了？

英文單字輕鬆學

一起大聲唸喔！

008-5.mp3

* may [me] 助 可以
* borrow [`bɑro] 動 借入
* pen [pɛn] 名 筆
* pencil [`pɛnsḷ] 名 鉛筆
* sorry [`sɑrɪ] 形 感到抱歉的
* excuse [ɪk`skjuz] 動 原諒
* here [hɪr] 副 這裡
* thank [θæŋk] 動 感謝
* appreciate [ə`priʃɪˏet] 動 感謝、感激
* thankful [`θæŋkfəl] 形 感謝的

Unit
9

同意同學的意見

英
009-1.mp3

英+中
009-2.mp3

I agree with **you.**

我同意**你**。

跟我一起這樣唸

超神奇金字塔學習法！單字變句子

piano 鋼琴

play the piano 彈鋼琴

She can play the piano very well. 她鋼琴彈得非常好。

I agree with you.
She can play the piano very well.

I don't agree with you. 不都長一樣嗎?
They're very handsome.

agree 同意

I agree 我同意

I agree with **you.** 我同意你。

handsome 帥

very handsome 非常帥

They are very handsome. 他們非常帥。

我也很帥不是嗎?
吼~
吼吼~
吼

agree 同意

don't agree 不同意

I don't agree with **you.** 我不同意。

讓我們用主要的英文句子來交朋友吧！

指專注地聆聽　= Jenny is

Listen! Jenny's playing the piano now.
聽！珍妮正在彈鋼琴。

★表示「此時此刻、現在」時，必須用進行式：「be + 動詞-ing」來表達。

What a wonderful song!
好好聽的歌曲啊！

★「What a＋形容詞＋名詞」是一種表達「多麼～」的感嘆句，對於某事感到驚訝時的用法。

Jenny is good at playing the piano.
珍妮很會彈鋼琴。

介系詞後之動詞要加"-ing"

表示「同意」的動詞 agree，介系詞要用 with

I agree with you.
我同意。

= Let us，表示所有你正在對話的對象

Let's give her a big hand!
我們來給她拍拍手吧！

Oh, yes!
哦，好！

同樣的話也可以換個方式說喔！

★What a beautiful song!
多麼動聽的曲子呀！

How beautiful the song is! **多麼動聽的曲子呀！**
The song is so beautiful! **這曲子多麼動聽呀！**

當我們要形容一件事物、一個人，無論是美麗與醜陋，聰明與拙劣，高矮與胖瘦等，我們都可以用感嘆句「What a/an + 形容詞 + 名詞」的句子來表達。而後面二個例句的用法，前者多用於正式文章中，且強調是「多麼」的意味；後者則較為口語。

★I agree with you. 我同意你（的看法）。

I'm with you. **我同意你（的看法）。**
We see eye to eye on... **我們在…上的想法一致。**

小朋友，想要說出「我同意你」，最常聽到的就是 I agree with you.。另外兩句也是美國人喜歡的用法。with 本來的意思就是「和…一起」，這邊表示「我同意你」的意思。最後一句的主詞一定是複數名詞，像是「我們、他們、我和你」等等，on 後面主要是接「某個談論的話題」，例如 Dad and I see eye to eye on the new house.（爸爸和我對這間新房子有一樣的看法）。

★Let's give her a big hand.
讓我們來為她鼓掌吧！

Let's applaud her. **讓我們來為她鼓掌吧！**
Let's clap our hands for her. **讓我們來為她鼓掌吧！**

讓人發自內心、甘願地拍手，一定是因為有什麼精彩或感人的表現，才會讓大家如此地贊同。hand 在這邊是「鼓掌」的意思，在 hand 前面加上一個 big，也就是給他／她熱烈掌聲。而第二、三個例句中，clap 和 applaud 都是「鼓掌」的意思，都用來表示「贊同或激動時的拍手」。

使會話更加豐富的一句話！

You bet! 你說的對！

小朋友，你們是否常和同學之間討論某件事情時，意見相同而因此打開話匣子聊個不停呢？適當地同意對方所說的話，可以讓大家開開心心地一直聊下去呢！比方說，跟朋友一起玩 Wii，朋友問你這個遊戲好不好玩時，你就可以大聲的回答他 You bet!，既簡短、自然、又好學，朋友之間講一些太客氣的話，就太過疏遠囉！

英文單字輕鬆學 一起大聲唸喔！

009-5.mp3

* agree [ə`gri] 動 同意、贊成
* beautiful [`bjutəfəl] 形 漂亮的
* song [sɔŋ] 名 歌曲
* what [hwɑt] 感嘆詞 多麼的（後面接形容詞＋名詞）
* how [haʊ] 感嘆詞 多麼的（後面接形容詞）
* clap [klæp] 動 拍手
* Let's/Let us 我們做…吧
* give [gɪv] 動 給
* big [bɪg] 形 大的
* hand [hænd] 名 手
* so [so] 副 如此

Let's Talk! 長篇對話3

009-6.mp3

009-7.mp3

正常速
慢速

用前面幾課的內容，一起快樂的用英文對話吧!

Hey, Jenny. Can you play the piano?
嗨，珍妮，妳會彈鋼琴嗎？

Absolutely, I can play the piano.
當然。我會彈鋼琴。

Then, are you skilled in playing it?
那麼妳彈鋼琴可以彈得很熟練嗎？

Certainly, I am. How about you?
當然，我可以。你呢？

I'm not good at playing it.
我對彈鋼琴不擅長。

Would you like to listen to my piano?
你想聽我彈的鋼琴嗎？

Sure.
當然。

（Playing the piano~ 彈奏中～）

Wow! How beautiful the song is!
哇！好好聽的曲子呀！

I appreciate it.
謝謝你。

Excuse me, Jenny. May I borrow your pen? I want to write down the song.
不好意思，珍妮，我可以跟妳借支筆嗎？我想要寫下這首曲子。

Here you go!
拿去吧！

Thanks a lot! And can Linda also play the piano very well?
謝謝妳。那琳達也可以把鋼琴彈得很好嗎？

Yes, she can. Listen! She is playing now.
是的，她可以。你聽，她現在正在彈了。

（Playing the piano~ 彈奏中～）

It's so beautiful! Let's clap our hands for Linda!
好好聽的曲子啊！我們來為琳達拍手吧！

You bet!
嗯！

Unit
10

邀請朋友一起玩

英
010-1.mp3

英+中
010-2.mp3

Let's play **Wii!**

我們來玩 Wii！

跟我一起這樣唸

超神奇金字塔學習法！單字變句子

Let's 我們

Let's play 我們來玩

Let's play **Wii!** 我們來玩 Wii！

Let's play Wii!

Okay, why not?

great 棒的

is great 是棒的

It is great**!** 真是太棒了！

Let's 我們

Let's play 我們來玩

Let's play with **a doll!** 我們來玩洋娃娃吧！

Let's wash dishes.
一起來洗餐盤吧！
Okay, why not?

Why 為什麼

Why not**?** 為什麼不呢？

Okay! Why not**?** 好哇！為什麼不玩呢？

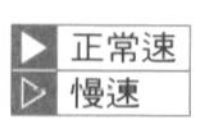

讓我們用主要的英文句子來交朋友吧！

What are you playing, Andy?
安迪，你在玩什麼呢？

「玩」遊戲、Wii 等，我們都可以用「play」這個動詞

I'm playing Wii.
我在玩 Wii。

「動詞-ing」是現在分詞的形態，
有形容詞的功能，用來修飾事物

It looks so interesting!
看起來好有趣喔！

Let's play Wii together.

有小紅帽可以吃了。

= You bet your life.，意思是「你說得對！」

You bet! Do you have a Wii too?
沒錯！你也有 Wii 嗎？

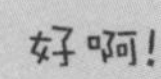

No, I don't have one.
不，我沒有。

代名詞，在這邊代表不
特定的任何一台 Wii

危險！
小心壞野狼！

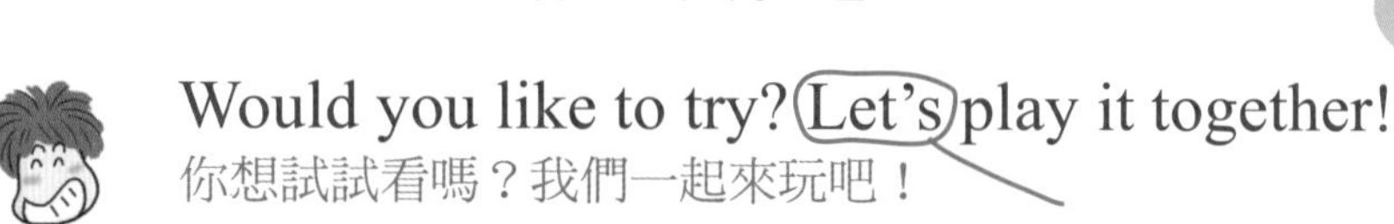

Would you like to try? Let's play it together!
你想試試看嗎？我們一起來玩吧！

= Let us

No problem.
好！

同樣的話也可以換個方式說喔！

★It looks so interesting. 看起來真有趣。

Interesting. **真有趣。**
It looks so entertaining. **看起來真有趣。**

小朋友，「動詞-ing」是現在分詞的形態，有形容詞的功能，用來修飾名詞。在美國生活中，常會聽到外國人僅用簡短的一個字「interesting」來述說一件事情或一個東西很有趣。若是富有趣味性而且可以使人得到娛樂的，都可以用「entertaining」來形容，就本文中，「Wii」的趣味性十足，所以可嘗試用「entertaining」來形容。

★You bet! 你說的對！

You bet your life! **你說的對！**
You are right! **你說的對！**

小朋友在和朋友對話時，如果同意他的看法時，可以使用「You bet!」這句英文來回應唷。第二個例句是第一句的延伸，特別強調「他真的說得很對」。而最後一句，則是最口語的用法。但依說話內容不同、語調不同就會有不同的意思。

A: I am a super star.（我是超級巨星。）
B: You're right. 此時的語意並非「你說的對」，而是「才怪」，很傳神吧！

★No problem! 沒問題！

Surely! **當然！**
Okay! **好呀！**

其實，這三句用法也是隨著上下文的意思而有所不同，也並非字面上的單詞翻譯而已。例如，在本文聊到「玩 Wii 這個遊樂器」，回答「No problem!」或是「Surely!」，還是「Okay!」都可一同解釋為「好啊！」而不是單純指「沒問題！」或是「當然」的意思喔！

使會話更加豐富的一句話！

Beyond question! 毫無疑問！／好啊！

小朋友，當你在和朋友聊天時，最常回答對方的「好啊！」、「沒問題」是不是都只是簡單的一個字「Okay!」呢？其實，外國人對於「分享」這件事是很大方的，除了「No problem!」可以說「好啊！沒問題！」之外，試試看這個新片語「Beyond question!」，意思是「毫無疑問、無庸置疑」。

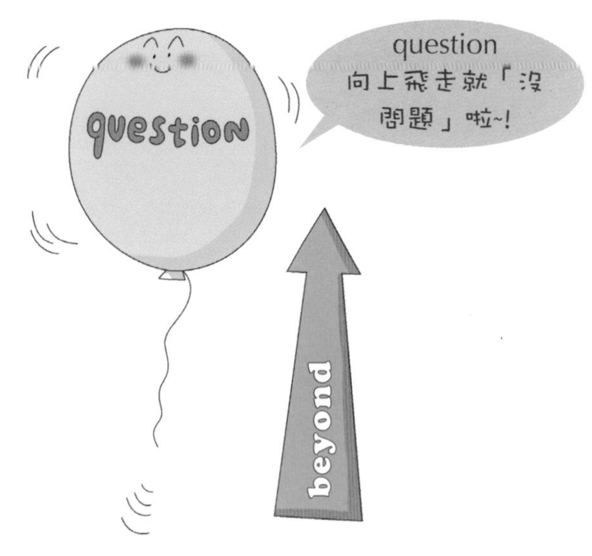

英文單字輕鬆學 一起大聲唸喔！

010-5.mp3

* play [ple] 動 玩
* doll [dɑl] 名 洋娃娃
* with [wɪð] 介 和…一起
* okay [ˋoˋke] 形 口 好的；好
* Why not? 句 為何不
* look [lʊk] 動 看起來
* interesting [ˋɪntərɪstɪŋ] 形 有趣的
* bet [bɛt] 動 打賭、肯定
* together [təˋgɛðɚ] 副 一起
* problem [ˋprɑbləm] 名 問題
* entertaining [ˌɛntɚˋtenɪŋ] 形 有娛樂性的、有趣的

參加朋友的生日派對

Congratulations on **your birthday!**

祝你生日快樂！

超神奇金字塔學習法！單字變句子

It's my birthday.

Congratulation on your birthday.

birthday 生日

my birthday 我的生日

It's my birthday today**!** 今天是我的生日！

今天是媽媽33歲的生日！Congratulations on your birthday!
年齡不用唸出來！

Congratulations 祝福

Congratulations on 祝福

Congratulations on **your birthday.** 祝你生日快樂。

明天是爸爸38歲生日，我想送他領帶。
又是一位阿伯。

birthday 生日

her birthday 她的生日

It's her birthday today**!** 今天是她的生日！

Congratulations 祝福

Congratulations on 祝福

Congratulations on **her birthday.** 祝她生日快樂。

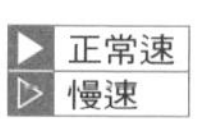

讓我們用主要的英文句子來交朋友吧！

詢問他人要到哪裡時，要用 where，且要放於句首喔！

Hello, Jack, where are you going?
哈囉，傑克，你要去哪裡呢？

所有格用法，指「珍妮的」

I'm going to Jenny's birthday party.
我正要去珍妮的生日派對。

= Let us

Me, too. Let's go together!
我也是。我們一起去吧！

（In Jenny's home~ 在珍妮的家）

Welcome, everyone.
歡迎各位。

= everybody

Happy birthday, Jenny.
生日快樂，珍妮。

Thank you, Jack.
謝謝你，傑克。

Congratulations on your birthday, Jenny.
生日快樂，珍妮。

★祝福誰的生日時，congratulations 後面要接「on＋特定日子」。

Thank you, Linda.
謝謝妳，琳達。

同樣的話也可以換個方式說喔！

★Where are you going? 你要去哪裡？

Where are you leading for? **你要前往哪裡？**
Whereabouts are you going? **你要去什麼地方？**

小朋友常會問，為什麼英文有這麼多不同的說法，卻可以代表相同的意思。其實，依情境的不同，就會依情境來選擇想要強調的表達方式。以第二個例句來說，「leading for」是在強調「朝著某個方向移動，而且有明確的目標」，第三個例句的「Whereabouts」則是特別強調「在哪裡」、「所在地」。

★Me, too. 我也是。

I am, too. **我也是。**
So am I. **我也是。**

上一頁的對話中，Jack 說了 I'm going to Jenny's birthday party.，Linda 回了一句「Me, too.」表達「我也是」。因為 Jack 用了「be + 動詞-ing」的表達方式，所以回答「我也是」時，同樣用「be 動詞」來回答「I am, too.」或「So am I.」。若句子用「一般動詞」時，就用「助動詞」來回答。例如：

A: I like to read English books.（我喜歡看英文書）
B: So do I.（我也是。）
like 是動詞，所以回答時用助動詞 do 的結構來回答，而不是用 So am I.

★Congratulations on your birthday! 祝你生日快樂！

Congratulations! **恭喜！**
Happy birthday to you! **祝你生日快樂！**

祝賀他人生日快樂的方式有很多種，最簡單的一定是 Happy birthday to you!，連生日歌也引用了這一句。壽星生日當天，這是個特別的日子，我們也可以大聲地說 Congratulations on your birthday! 來祝福對方喔！

會話加UP！UP！ 使會話更加豐富的一句話！

Wish you a happy birthday! 祝你生日快樂！

小朋友，試著算算看，從你已經學會用英文祝賀他人「生日快樂」到現在，究竟說了幾次「Happy birthday to you!」呢？這樣有點老套吧！記得聖誕歌曲中，有首歌是「We wish you a merry Christmas!」意思為希望你有個快樂的聖誕節，當然，我們也可以套用在生日祝賀上這麼說，一定會讓人刮目相看的。

生日的時候好想吃馬鈴薯喔，肚子餓了…
Wish you a happy birthday.

英文單字輕鬆學 一起大聲唸喔！

011-5.mp3

* birthday [ˋbɝθˏde] 名 生日
* my [maɪ] 代 我的
* your [jʊɚ] 代 你的
* congratulations [kənˏgrætʃəˋleʃənz] 名 祝賀；恭禧
* her [hɝ] 代 她的
* where [hwɛr] 副 哪裡
* party [ˋpɑrtɪ] 名 派對
* welcome [ˋwɛlkəm] 名 動 歡迎
* happy [ˋhæpɪ] 形 快樂的
* thank [θæŋk] 動 謝謝
* whereabouts [ˋhwɛrəˋbaʊts] 副 在哪裡
* wish [wɪʃ] 動 祝福；但願

感謝朋友的招待

英
012-1.mp3

英+中
012-2.mp3

Thank you **very much!**

非常謝謝你！

跟我一起這樣唸　超神奇金字塔學習法！單字變句子

Thank 謝謝

Thank you 謝謝你

Thank you **very much!** 非常謝謝你！

Don't mention it!

welcome 受歡迎的

are welcome 是受歡迎的

You are welcome. 不客氣。

Thank 謝謝

Thank you 謝謝你

Thank you **very much!** 非常謝謝你！

mention 提到

mention it 提到

Don't mention it. 不客氣。

用馬鈴薯做的呀！
薯條是用什麼做的呢？

012-3.mp3

012-4.mp3

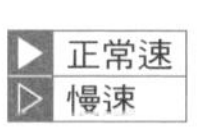

正常速
慢速

英文對話親體驗

讓我們用主要的英文句子來交朋友吧！

「pick 某人 up」是指接送某人的意思

Jenny, sorry. My mom is coming to pick me up.
珍妮，抱歉。我媽媽要來載我了。

Are you leaving now?
妳現在要離開了嗎？

such 後面要加「形容詞＋名詞」來表示讚嘆

Yes. Thank you very much for inviting me to such a wonderful birthday party.
是呀。非常謝謝妳邀我參加這麼棒的生日派對。

Let's go home~~!

My mom is coming to pick me up.

You are welcome.
不客氣。

Please come to my party next time, too!
下次妳也要來我的派對哦！

因為 Linda 的生日派對是在未來，所以用未來式的 will 簡答

I will!
我會的！

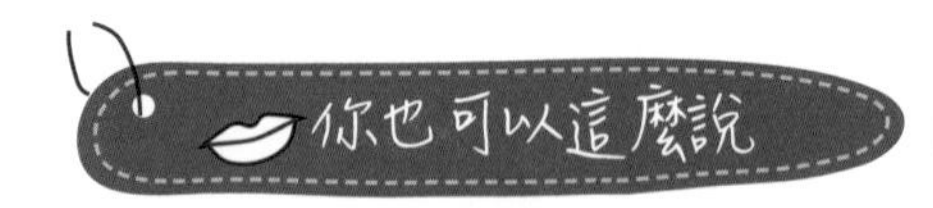

同樣的話也可以換個方式說喔！

★My mom is coming to pick me up.
我媽媽要來載我了。

My mother is coming to take me home.
我媽媽要來帶我回去了。

到同學家玩，最難過的就是被媽媽叫回去了，雖然很捨不得，還是應該要當個乖寶寶乖乖的回家，千萬不要因為玩得太高興了，爸爸媽媽要帶你回去時，反而跟他們生起氣來唷。這裡的 pick up 是指「接送」的意思，而 take 則是「帶走」的意思。

★Thank you very much! 非常謝謝你！

Thanks! **謝了！**
Thank you! **謝謝你！**

如同前一單元介紹過的感謝用法，在這一單元，我們再來學學更為簡單的說法，如果你無法記住前一章所介紹的「I appreciate it!」，那麼一定要敢於開口說出這三句最普遍的用法喔！

★You're welcome! 不客氣！

Don't mention it! **不客氣！**
Not at all! **不客氣！**

客套話是一定要有的。當別人主動跟你說謝謝時，記得也要禮貌性地回答「不客氣」。「Don't mention it!」帶有「小意思，不值一提」的意味。「Not at all.」則是表示「能幫得上你的忙是我的榮幸，不需要這麼客氣」。

會話力UP！UP！ 使會話更加豐富的一句話！

Thanks a million! 非常感謝你！

小朋友，你是不是常會聽到「獻上我十二萬分的謝意」這句話呢？在英文裡又該如何表達呢？中文翻譯一長串，但在英文裡，只要簡短地說出「Thanks a million!」就可以了！「million」字面意思為「百萬」，與中文的「十二萬分」的表達方式很類似，所以這一句英文很好記吧！

$ 1000000
Thanks a million.
不用謝~!
Just give me a million.

一起大聲唸喔！

012-5.mp3

* **thank** [θæŋk] 動 感謝、謝謝
* **welcome** [ˋwɛlkəm] 動 名 歡迎
* **mention** [ˋmɛnʃən] 動 提到
* **look** [lʊk] 動 看、瞧
* **lend** [lɛnd] 動 借（出）
* **borrow** [ˋbɑro] 動 借（入）
* **second** [ˋsɛkənd] 名 秒
* **moment** [ˋmomənt] 名 片刻
* **million** [ˋmɪljən] 名 百萬
* **gift** [gɪft] 名 禮物

Let's Talk!長篇對話4

用前面幾課的內容，一起快樂的用英文對話吧！

012-6.mp3

012-7.mp3

正常速
慢速

Hello, Jack. Where are you heading?
哈囉，傑克，你要去哪裡呢？

I'm heading for Peter's home.
我正要去彼得的家。

So am I.
我也是。

Let's go to Peter's home together.
我們一起去彼得的家吧！

（In Peter's home～ 在彼得家裡）

Welcome, everybody.
歡迎各位。

Happy birthday to you.
祝你生日快樂。

Thank you very much.
非常謝謝你！

Congratulations on your birthday, Peter.
彼得，祝你生日快樂！

Wish you a happy birthday, Peter.
彼得，祝你生日快樂！

get 的過去式，意思是「得到了」

Thanks a million! Look! I got a Wii!
非常謝謝你們！你們看！我得到了一台 Wii 哦！

It looks so entertaining. May I borrow it from you for a second?
看起來真有趣。我可以跟你借玩一下嗎？

這一句省略了動詞 play。also 是「也」的意思

May I also?
我也可以嗎？

I want to play, too.
我也想要玩。

No problem! Let's play together!
好，我們一起來玩吧！

What do you call this in English?
Can you say it again?
What does that mean?

才藝班

Is this yours?
My scissors are there.
How do you use the computer?

上課中

May I go to the restroom?
I can answer the question.
I got it.

介紹家庭

My mom has long hair.
I am taller than Peter.
We went to Kenting last Sunday.

Chapter 02

用英文問老師問題超神氣

Unit
13

詢問用英文怎麼說

英
013-1.mp3

英+中
013-2.mp3

What do you call this in English?

這個用英文要怎麼說？

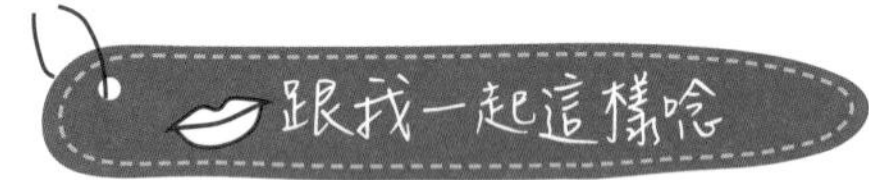
跟我一起這樣唸

超神奇金字塔學習法！單字變句子

in English 用英文

call this in English 這個用英文說

What do you call this in English**?** 這個用英文要怎麼說？

What do you call that in English?

We call it "a giraffe."

We 我們

We call it 我們叫它

We call it **"a picture."** 我們叫它「**picture**」。

in English 用英文

call that in English 那個用英文說

What do you call that in English**?** 那個用英文要怎麼說？

What do you call this in English?
I call it "a nose."

We 我們

We call it 我們叫它

We call it **"a giraffe."** 我們叫它「**giraffe**」。

013-3.mp3

013-4.mp3
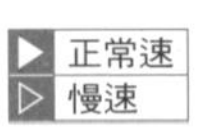

讓我們用主要的英文句子來交朋友吧！

Excuse me, teacher.
老師，請問一下。

Excuse me. 是很常用的句子，可以是「不好意思，請問…」、「抱歉，想請問一下…」等意思

Yes, Peter.
是的，彼得。

代名詞，代替 Peter 手上拿的「書包」

What do you call this in English?
這個英文怎麼說？（手拿著「書包」）

代名詞，代替剛剛 Peter 說的「this」

We call it "a backpack."
我們叫它「backpack」。

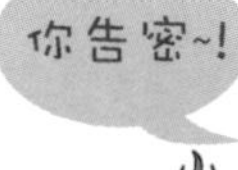

"A backpack." Thank you.
「backpack」。謝謝。

A comic book.
對了，上課不能看漫畫。
Miss Josephine! What do you call that in English?
你告密~!

同樣的話也可以換個方式說喔！

★Excuse me. 請問…；不好意思。

I have a question. **我有問題。**
Question! **有問題！**

其實在很多場合我們都可以用 Excuse me.，例如，在人多的公車或捷運上請別人借過，可以說 Excuse me.。或者鼻子癢打噴嚏以後也會說 Excuse me。不過如果真的很急著問問題，臨時又忘了「Excuse me」這句話，直接舉手大喊「Question!」或「I have a question.」相信老師一樣會很樂意回答你的問題喔！

★What do you call this in English? 這個英文要怎麼說？

What is it in English? **這個英文是什麼？**
How do we say "___" in English? **「___」的英文怎麼說？**

這句話是學英文過程中最常用到的，小朋友看到有趣的東西，想知道英文的說法，就可以指著東西問老師：「What do you call this / that / it in English?」或「What is it in English?」如果老師也懂一點中文的話，也可以直接把中文帶入，用「How do we say "書包" in English?」來問。

★We call it "a backpack." 我們叫它「backpack」。

It's "a backpack." **它是「backpack」。**
It's called "a backpack" in English.
以英文來講，它叫作「backpack」。

我們常說的「我們叫它 ___」，英文則是「we call it___」。其實我們只要把這幾句記下來，以後還可以用這樣的句子去教外國人中文哦！例如，我們就可以教外國人「It's called "書包" in Chinese.」

使會話更加豐富的一句話！

Teacher, May I ______________?

老師，我可以__________嗎？

小朋友在課堂上發問或發表意見時，要先舉手，接著可以說「Excuse me, teacher, _____」。而希望老師允許你做某件事情時，要說「May I_______?」（我可不可以___？），這樣你不僅表現出漂亮的英文，更展示出美麗的個性哦。以下是你可以問老師的問題：

★May I go to the restroom? 我可以去洗手間嗎？

★May I drink some water? 我可以喝水嗎？

★May I wash my face? 我可以洗把臉嗎？

★May I speak Chinese? 我可以說中文嗎？

★May I borrow a pen? 我可以借一支筆嗎？

英文單字輕鬆學 一起大聲唸喔！

013-5.mp3

＊ **restroom** [`rɛst͵rum] 名 洗手間

＊ **drink** [drɪŋk] 動 喝

＊ **water** [`wɔtɚ] 名 水

＊ **face** [fes] 名 臉

＊ **wash** [wɑʃ] 動 洗

＊ **speak** [spik] 動 說（英文、中文等）

＊ **Chinese** [`tʃaɪ`niz] 名 中文

＊ **pen** [pɛn] 名 筆

＊ **call** [kɔl] 動 叫做；打電話

＊ **giraffe** [dʒə`ræf] 名 長頸鹿

＊ **backpack** [`bæk͵pæk] 名 背包、書包

＊ **say** [se] 動 說

請對方再講一遍

Can you say it again?

你可以再說一遍嗎？

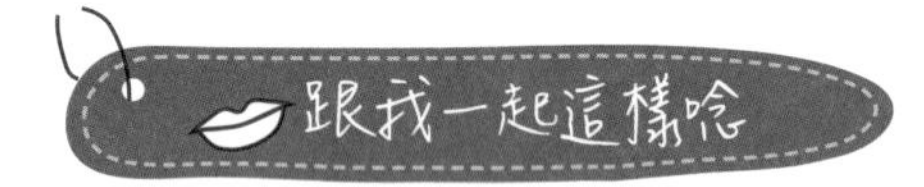

超神奇金字塔學習法！單字變句子

again 再

say it again 再說一遍

Can you say it again**?** 你可以再說一遍嗎？

She sells sea shells by the sea shore.

Can you say it slowly?
在講什麼CCC的…

can 可以

I can 我可以

Yes, I can**.** 好的，我可以。

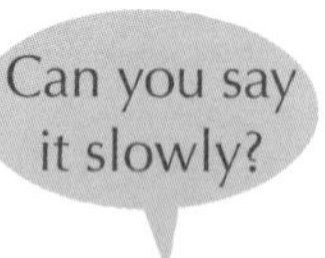

slowly 慢

say it slowly 說慢點

Can you say it slowly**?** 你可以說慢一點嗎？

My name is 阿裡巴巴賣溝卡控搭西完顏…
新生報到處

problem 問題

no problem 沒問題

Okay, no problem**.** 好的，沒問題。

014-3.mp3

014-4.mp3

正常速
慢速

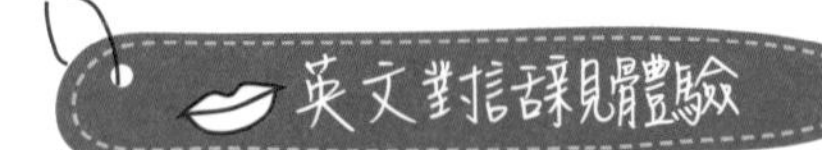
英文對話課體驗

讓我們用主要的英文句子來交朋友吧！

read 有「閱讀」和「朗讀」的意思，
也有「把字唸出來」的意思

Please read "giraffe."
請唸「giraffe」。

giraffe 就是「長頸鹿」的意思

和散端灘
上塔…

Can you say it again?
她是說「和尚端湯上塔…」
外國人繞口令大賽

Giraffe.
giraffe。

Good. Now please write down "giraffe." g-i-r-a-f-f-e.
很好，現在請寫下「giraffe」。g-i-r-a-f-f-e。

Sorry, Ms. Josephine. Can you say it again?
抱歉，約瑟芬老師，妳可以再說一遍嗎？

= repeat it

Okay, no problem. g-i-r-a-f-f-e.
好的，沒問題。g-i-r-a-f-f-e。

Thank you, Ms. Josephine.
謝謝約瑟芬老師。

同樣的話也可以換個方式說喔！

★Can you say it again? 你可以再說一遍嗎？

Please repeat it. **請再重複（說）一次。**
One more time, please. **麻煩請再（說）一次。**

這個句子也是上英文課一定要會的句子喔，有時候老師上課說的太快，自己沒聽到的話，就可以用 Can you say it again? 這個句子來請老師再說一遍。「repeat」一個字就可以等於「say again」兩個字，所以如果要使用 repeat 這個字，again 就不用再加上去了，雖然還是有很多人喜歡說 repeat it again，但其實只要說 repeat it 就可以了喔！One more time 則是「再一次」，不只是要求對方「再『說』一次」，如果要對方「再『做』一次，重複之前的動作」，也可以用 One more time, please.。

★Good. 很好。

Great. **很棒。**
Perfect. **完美。**

上英文課一定常聽到老師會說 Good，意思是說「很好」。相信小朋友在課堂上表現得很優秀的時候，老師一定會大大地誇獎一番。相同的表達方式還有 great（很棒）、perfect（完美）、excellent（優秀）。

★Okay, no problem. 好的，沒問題。

Sure. **當然。**
Certainly. **當然。**

當同學、朋友有什麼要求，需要我們的幫忙，就可以用「Okay, no problem.」這個句子來爽快地答應對方。當然還有更簡潔的方法，像 sure, certainly，其實根本就只是一個單字而已，但只要講出這麼簡單的一個單字，就能夠讓要求你幫忙的同學、朋友放心不少哦！

會話加UP！UP！ 使會話更加豐富的一句話！

Pardon me? 不好意思，請再說一次。

以往當我們聽不懂別人講什麼的時候，都很喜歡用「什麼？」，所以和外國人講話，當對方講太快而沒聽懂時，不管大朋友、小朋友常常會脫口而出「What?」，如果那個外國人是我們認識的人，他／她應該不會在意，但如果是陌生人，就常常會被嚇一跳，覺得又不是什麼親朋好友，怎麼用這麼直接的話來回答。其實最好的回答方式是「Pardon me?」，雖然字面上的意思是「原諒我」，但隱含的意思則是「你剛說什麼，我沒聽懂，請再說一次。」如果想要表達得更有禮貌，則可以講「I beg your pardon」。

一起大聲唸喔！

014-5.mp3

* **again** [ə`gɛn] 副 再一次
* **one more time** 片 再一次
* **repeat** [rɪ`pit] 動 重複
* **slowly** [`slolɪ] 副 慢慢地
* **giraffe** [dʒə`ræf] 名 長頸鹿
* **read** [rid] 動 閱讀
* **now** [naʊ] 副 現在
* **write** [raɪt] 動 寫
* **sorry** [`sɑrɪ] 感嘆詞 抱歉

Unit
15

詢問這句英文的意思

英
015-1.mp3

英＋中
015-2.mp3

What does that mean?

那是什麼意思？

跟我一起這樣唸　超神奇金字塔學習法！單字變句子

mean 意思是

does that mean 那個意思是

What does that mean**?** 那是什麼意思？

What dc
this mea

誰知道…
是「禁止飲食」的意思啦！

means 意思是

means **no parking** 意思是禁止停車

It means **no parking.** 它的意思是禁止停車。

mean 意思是

does this mean 這個意思是

What does this mean**?** 這是什麼意思？

means 意思是

means **no eating** 意思是禁止飲食

It means **no eating.** 它的意思是禁止飲食。

我是食物嗎？
食物不准進入。

015-3.mp3

015-4.mp3

讓我們用主要的英文句子來交朋友吧！

片語，「看」的意思　　代名詞，這裡指前面的 this word

Teacher, please look at this word. What does this mean?
老師，請看一下這個字！這是什麼意思？

The word is "huge." It means "large."
這個字是「huge」。它是「寬大」的意思。

這裡指 The word "huge"

It also means "big," right?
也有「大」的意思，對嗎？

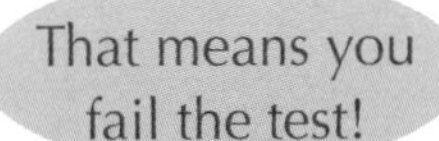

Very good, Peter.
很棒哦，彼得。

Then does it mean "small?"
那麼，它有「小」的意思嗎？

That means you fail the test!
Teacher! What does this mean?
zero

= does not

No, Jack, it doesn't mean "small."
不，傑克，它沒有「小」的意思。

你也可以這麼說 同樣的話也可以換個方式說喔！

★What does that mean? 那是什麼意思？

What does "____" mean? 「____」是什麼意思？
What is the meaning of "____?" 「_____」的意思是什麼？

如果想要了解某個單字是什麼意思，只要指著那個單字說 What does that/this mean? 就可以了，如果沒有東西可以指的話，也可以直接把單字的字母拼出來詢問喔！另外，由於中文的「意思」是用名詞的形式來使用，所以很多大朋友會用 What's mean? 詢問，但這是錯誤的用法。其實，mean 的名詞形是 meaning，所以真的要用名詞，就要用 meaning 這個字，也就是用 What is the meaning of this/that? 來詢問。不過，這句雖然符合文法，對很多外國人來說是有點「彆扭」的，所以還是盡量用動詞形態的 mean 來造句。

★It means... 它的意思是…

It is... 它是指…
The meaning of it is... 它的意思是…

「What does that mean?」的回答方式可以是 That means / This means / It means / The meaning of it is」，當然也可以直接把答案講出來。譬如說：

A: What does "April" mean? 「April」是什麼意思呢？

B: The fourth month of the year. 一年中的第四個月（＝四月）。

★It doesn't mean... 它的意思並不是…

It is not... 那並不是…
It is not equal to... 那並不等於…

當你的朋友把「big」和「small」搞混了，以為他們的意思一樣時，你可以表現出你的專業唷，好好地告訴他說，"Big" doesn't mean "small."（「大的」的意思並不是「小的」），或者 "Big" is not equal to "small."（「大的」並不等於「小的」）。

會話加UP！UP！ 使會話更加豐富的一句話！

Would you repeat that?

麻煩再（說）一遍，可以嗎？

repeat 是指「重複」，當小朋友聽不清楚或不太了解老師給的答案時，可以跟老師說「Would / Could you repeat that?」，不要不好意思或者覺得丟臉，學生可以犯錯，只要勇於認錯然後改進就很棒了。

請老師 repeat 之後，他可能會問你 Is that clear?（清楚了嗎），也就是 Do you understand?（懂了嗎），小朋友可以回答Yes, thanks.（懂了，謝謝）或 Not really, could you please say it again?（還是不太懂，可以請你再說一次嗎）。

英文單字輕鬆學 一起大聲唸喔！

015-5.mp3

* **mean** [min] 動 意思是
* **meaning** [\`minɪŋ] 名 意思
* **no parking** 請勿停車
* **no eating** 請勿飲食
* **look** [lʊk] 動 看
* **huge** [hjudʒ] 形 巨大的
* **large** [lɑrdʒ] 形 寬大的
* **big** [bɪg] 形 大的
* **small** [smɔl] 形 小的
* **word** [wɝd] 名 文字
* **repeat** [rɪ\`pit] 動 重複
* **clear** [klɪr] 形 清楚的；晴朗的
* **understand** [ˌʌndɚ\`stænd] 動 瞭解
* **could** [kʊd] 助 可以（禮貌性用語）

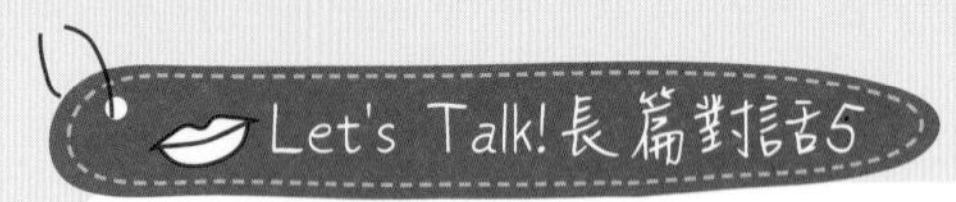

用前面幾課的內容，一起快樂的用英文對話吧！

015-6.mp3

015-7.mp3

▶ 正常速
▷ 慢速

Excuse me, teacher.
老師，請問一下。

Yes, Linda.
是的，琳達。

What do you call this in English?
這個英文怎麼說？

We call it "an apple."
我們叫它「apple」。

Can you say it again?
老師妳可以再說一遍嗎？

Okay, "an apple."
好的，「apple」。

"An apple." Can you spell it?
「apple」。老師妳可以拼一下這個單字嗎？

Of course! It's "A-P-P-L-E".
當然可以！是 A-P-P-L-E。

apple（蘋果）後面加 s 表示複數，表示「所有蘋果」

Thanks, teacher. Do you like to eat apples?
謝謝老師。老師妳喜歡吃蘋果嗎？

「諺語」的意思

Yes, I do. There is a saying "an apple a day keeps the doctor away."
嗯，我喜歡。有一句諺語說「一天一蘋果，醫生遠離我」。

"An apple a day keeps the doctor away." What does that mean?
「一天一蘋果，醫生遠離我」。那是什麼意思？

That means if you eat an apple every day, you won't be sick.
意思就是，如果你每天吃一顆蘋果，你就不會生病。

Oh! That is great! I will do it from now on.
哦！真是太棒了！從現在開始我就來吃蘋果。

Good!
很好！

An apple a day keeps the doctor away. 快吃吧！
What does that mean? 我英文不好…

Unit
16

確認東西是誰的

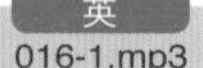
英
016-1.mp3

英＋中
016-2.mp3

Is this yours?

這是你的嗎？

跟我一起這樣唸

超神奇金字塔學習法！單字變句子

Is this yours?
不是我的。
你說謊！

Is 是

Is this 這是

Is this yours? 這是你的嗎？

No, it's not mine!
你的考卷忘了拿。
Is that yours?

mine 我的

it's mine 那是我的

Yes, it's mine. 是的，那是我的。

Is 是

Is that 那是

Is that yours? 那是你的嗎？

mine 我的

it's not mine 那不是我的

No, It's not mine. 不是，那不是我的。

No, it's not mine!
Is this yours?

016-3.mp3

016-4.mp3

▶ 正常速
▷ 慢速

讓我們用主要的英文句子來交朋友吧！

who 的所有格，在此是疑問形容詞的功能，表示誰的（東西、人等）

Whose dictionary is that?
那是誰的字典呢？

趕快把玻璃鞋砸碎！
It's mine! Where did you find it?

I don't know.
我不知道。

Jenny, is that dictionary yours?
珍妮，那本字典是妳的嗎？

★yours 是 you 的所有格代名詞，表示你（們）的所有物。通常會使用到所有格代名詞是要避免名詞重複的關係。

do 的過去式，因為動作是已經發生了，所以用過去式

Yes, it's mine. Where did you find it?
對，是我的字典。妳在哪裡找到的呢？

★mine，在這裡指 my dictionary。I 的所有格代名詞，表示我（們）的所有物，用法同 yours。

is 的過去式，表示「之前」的時態

It was under the table.
就在桌子底下。

表示位置時，是指「在～正下方」，和它相反的字是「over」

同樣的話也可以換個方式說喔！

★Whose dictionary is that? 那是誰的字典？

Whose is that dictionary? 那本字典是誰的？
Do you know whose dictionary it is? 你知道那是誰的字典嗎？

當我們不清楚某一件事物是屬於誰的，因而提問或陳述時，我們便可以使用「whose」這個字。當然，我們也可以用間接問句「Do you know whose dictionary it is?」來詢問他人，只是要注意，用 Do/Does... 開頭的疑問句，後面如果也有一個問句，這個問句的主詞、動詞位置不需要倒裝。例如，原本的 whose dictionary is it，要變成 whose dictionary it is。

★I don't know. 我不知道。

I have no idea. 我不知道。
I don't have a clue. 我不知道。

對於別人提出的問題表示「一點也不知情」、「一點也不知是怎麼一回事時」，除了「I don't know」之外，也可以使用「I have no idea」和「I don't have a clue」來替換，其意思並不會因此二字的替換而改變。

★Where did you find it? 你在哪兒找到的？

Where did you get it back? 你在哪兒找到的？
Where did you discover it? 你在哪兒發現的？

「find」這個字是表示「發現」、「找到」的意思，句中所列的「get back」是強調「找到遺失的東西」；「discover」則是指在「某個地點、場合」發現到東西，但我們不可以代換成「look for」，因為例句中的「find」，「get back」或是「discover」都是強調動作的完成，而「look for」則強調動作的進行，「正在找」的意思，小朋友，一定要特別注意喔！

會話加UP！UP！ 使會話更加豐富的一句話！

God knows! 天曉得；不知道！

以前在學校，只要同學的物品未歸位或是沒擺放整齊的時候，老師都會說「Whose is that？」。當過學生的我們若說出了對方的名字時肯定會遭他一記白眼。聰明的你，該如何自處呢？在這裡，我們來學學「God knows!」吧！連「神」都不曉得了，身為平凡的人類又怎麼會知道呢？

一起大聲唸喔！

016-5.mp3

* **yours** [jʊrz] 代 你（們）的
* **mine** [maɪn] 代 我的
* **hers** [hɝz] 代 她的
* **whose** [huz] 代 誰的
* **dictionary** [`dɪkʃən͵ɛrɪ] 名 字典
* **that** [ðæt] 代 那（個）
* **know** [no] 動 知道
* **idea** [aɪ`diə] 名 主意
* **have** [hæv] 動 有
* **clue** [klu] 名 線索；提示
* **find** [faɪnd] 動 尋找
* **get** [gɛt] 動 得（拿）到
* **back** [bæk] 副 向後
* **discover** [dɪs͵kʌvɚ] 動 發現

Unit
17

說出我的工具在哪裡

英
017-1.mp3

英＋中
017-2.mp3

My scissors are there.

我的剪刀在那裡。

跟我一起這樣唸

超神奇金字塔學習法！單字變句子

My scissors are there.

Where are your scissors?

Where 哪裡

Where are 在哪裡

Where are **your scissors?** 你的剪刀在哪裡？

Where are my glasses?
Your glasses are here.

there 那裡

are there 在那裡

My scissors are there. 我的剪刀在那裡。

Where 哪裡

Where are 在哪裡

Where are **my glasses?** 我的眼鏡在哪裡？

年紀大了～

here 這裡

are here 在這裡

Your glasses are here. 你的眼鏡在這裡。

讓我們用主要的英文句子來交朋友吧！

剪刀需有兩片刀片在一起才可以剪東西，所以不要忘了「剪刀」永遠是用複數型態喔！

Where are my scissors?
我的剪刀在哪裡呢？

因剪刀為複數，所以主詞和 be 動詞皆使用複數形式

Are they in your schoolbag?
有在你的書包裡嗎？

= they aren't = they are not

No, they're not.
沒有，沒有在書包裡。

Where are my new clothes?
就在這啊~，只有聰明的人才看得到。
我手上拿的可都是上等布料呢。
根本沒穿衣服嘛！

Are they in the drawer?
有在你的抽屜裡嗎？

= I am

I'm not sure.
我不確定。

see 的過去式，表示「剛剛看到」

I saw a pair of scissors beside the window. Are they yours?
我看到有一副剪刀在窗戶的旁邊。是你的嗎？

Oh! Yes! My scissors are there.
啊！對！我的剪刀在那裡。

同樣的話也可以換個方式說喔！

★Where are my scissors? 我的剪刀在哪裡？

Do you know where my scissors are? **你知道我的剪刀在哪裡嗎？**
Where have I put my scissors? **我到底把剪刀放哪了？**

雖然句子主要在表達「我的剪刀在哪裡？」，但通常是在詢問週遭的人是否知道，所以可以用「Do you know」來做開頭，但這一句是「間接問句」，我們要將原本是問句的「where are my scissors」改成「where my scissors are」，將動詞還原到原本的位置才行喔！最後一個例句則是強調「不知道究竟把剪刀放到何處」時，可使用此句。

★I'm not sure. 我不確定。

I'm unsure. **我不確定。**
I'm not certain. **我不確定。**

在英文中，「sure」和「certain」的意思幾乎相同，都可做「當然」或「確定」來解釋。當然，若為否定形式，在前面加個 not 即可。「un」本身就含有「not」的意思，所以「un + sure」變成的「unsure」就有「不確定」的意思。

★I saw a pair of scissors beside the window. 我看見一把剪刀在窗戶旁邊。

I saw a pair of scissors by the side of the window.
我看見一把剪刀在窗戶旁邊。
I saw a pair of scissors close to the window.
我看見一把剪刀靠近窗戶旁邊。

「方位」的表達有很多種，單就「beside」而言，因為是「在～旁邊」之意，可能就在窗戶邊、可能是靠近窗戶附近，只要是在小範圍內接近窗戶的話，都可以用 by the side of，close to 來相互替換喔！

會話力UP！UP！ 使會話更加豐富的一句話！

I'm not positive. 我不確定。

「positive」除了表示「樂觀」之外，也有確定的意思。記得老師我大學畢業之前，我們同學間常會問對方說未來想做什麼。因為熱愛英文，老師我決定出國進修，未來之路也就不這麼搖擺不定了。所以當你對某件事很不確定時，就可以說這句話 I'm not positive.，是不是覺得自己的英文能力更上一層樓了呢？

英文單字輕鬆學 一起大聲唸喔！

017-5.mp3

* **there** [ðɛr] 副 那裡
* **scissors** [`sɪzɚz] 名 剪刀
* **here** [hɪr] 副 這裡
* **ruler** [`rulɚ] 名 尺
* **glasses** [`glæsɪz] 名 眼鏡
* **schoolbag** [`skul͵bæg] 名 書包
* **drawer** [`drɔɚ] 名 抽屜
* **beside** [bɪ`saɪd] 介 在～旁邊
* **window** [`wɪndo] 名 窗戶
* **unsure** [͵ʌn`ʃʊr] 形 不確定的
* **side** [saɪd] 名 旁邊
* **close** [klos] 形 接近的 [kloz] 動 關

詢問東西怎麼用

How do you use the computer?

如何使用這台電腦？

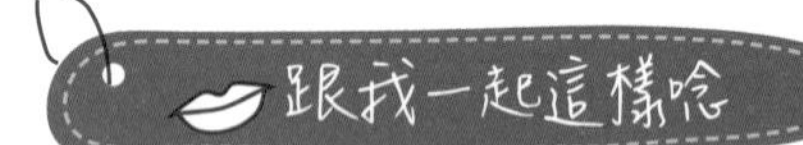

超神奇金字塔學習法！單字變句子

I'll teach you.

computer 電腦

use the computer 使用這台電腦

How do you use the computer**?** 如何使用這台電腦？

How do you use MSN?

I'll teach you.

teach 教

teach you 教你

I'll teach you**.** 我會教你。

How do you use ＋工具

camera 相機

use the camera 使用這台相機

How do you use the camera**?** 如何使用這台相機？

teach 教

teach you 教你

He'll teach you**.** 他會教你。

用這句話就可以問別人東西怎麼用哦！

018-3.mp3

018-4.mp3

正常速
慢速

英文對話親體驗

讓我們用主要的英文句子來交朋友吧！

在這裡表示「稱謂」。可置於句首或句尾

Teacher, how do I use the computer?
老師，電腦該如何使用呢？

我們用 turn on 和 turn off 來開、關電源，就是不能用 open 和 close 喔！

Turn on the power switch first please.
請先打開電源。

★祈使句用法，省略掉第二人稱，動詞皆以「原形」為主。please 若置於句首不加「逗號」。

All right. I did it. And then?
好的，我打開電源了，接下來呢？ 指「開電源」這件事

指的是「滑鼠」而非真的老鼠呢！

Now you can click the mouse and surf the net.
現在妳可以按一下滑鼠上網找資料。

小飛俠！
走了啦！

Wow! The Internet is so interesting.
哇！網路真是有趣！

= It is，此處的 it 指的是 the Internet

It's very useful.
網路真的很實用喔！

Wow! The Internet is so interesting.
等一下！我還要升級！

同樣的話也可以換個方式說喔！

★How do I use the computer?
我該如何使用這台電腦呢？

I don't know how to use the computer.
我不知道該如何使用這台電腦。

「How to + 原形動詞」的文法結構，其實並不完整，也不可以成為一個獨立句子。對話中，Jenny 想請老師指導她該如何使用電腦，所以可以用「How do I use the computer?」來詢問。而「不會使用電腦」的原因有可能是因為「不知道」的因素，所以也可以用「I don't know how to...」的語法。使用「How to use the computer?」純粹是因為口語化的趨勢而形成的。

★Turn on the power switch first please.
請先打開電源。

Turn the power switch on first please. 請先打開電源。
Switch the power on first please. 請先打開電源。

記得在以前，老師家的電燈開關和現在的非常不一樣，它就跟一支小棍子一樣，可以上下振動，這個振動的動作和 switch 的意思相同，因此可以使用「switch on/off」的用法表達。在美國家庭裡，很多開關就是屬於這一種喔！

★And then? 然後呢？接下來呢？

What's the next step? 下一步是什麼呢？
What's after that? 在那之後呢？

當你在問別人如何使用某個東西時，最常說的一句話是什麼呢？我想應該是「And then?」這一句吧！生活中，不管是什麼都是有步驟的！所以，我們就來學學「What's the next step?」這句英文，相信教你的人一定會因為你的好學而熱心指導的！

會話力UP！UP！ 使會話更加豐富的一句話！

Could you teach me how to use the computer? 你可以教我如何使用電腦嗎？

面對日新月異的科技時代，行動電子裝置已經成為趨勢，譬如，相機轉變成數位相機、桌上型電腦轉變成手提式電腦、智慧型手機的發明等等。這些精緻的電子產品，小朋友，你要如何正確使用呢？快來使用這句英文吧，記得開頭用 Could 來詢問對方，讓對方感受到你的誠懇與禮貌唷！

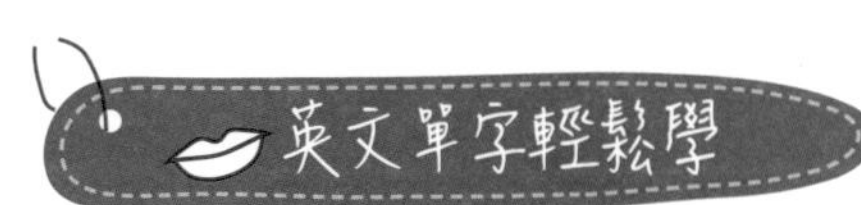

一起大聲唸喔！

018-5.mp3

* **use** [juz] 動 使用
* **computer** [kəm`pjutɚ] 名 電腦
* **teach** [titʃ] 動 教導
* **camera** [`kæmərə] 名 相機
* **I'm** 片 I am 的縮寫
* **turn on / switch on** 片 打開電源
* **mouse** [maʊs] 名 滑鼠
* **surf** [sɝf] 動 瀏覽
* **net** [nɛt] 名 網路
* **Internet** [`ɪntɚ͵nɛt] 名 (=net) 網路
* **useful** [`jusfəl] 形 實用的，可用的
* **next** [`nɛkst] 形 下一個的
* **step** [stɛp] 名 步驟
* **after** [`æftɚ] 介 在～之後

用前面幾課的內容，一起快樂的用英文對話吧！

018-6.mp3

018-7.mp3

Jenny, is this your camera?
珍妮，這是妳的相機嗎？

No, it isn't mine.
不，不是我的。

Whose camera is it?
那是誰的相機呢？

Who knows! Maybe it's Jackson's.
誰知道呀！搞不好是傑克森的。

I'm not positive.
我不確定。

助動詞 do 的過去式

Hey! It's mine! Teacher, where did you find it?
嘿！是我的啦！老師，你在哪裡找到的呢？

see（看見）的過去式

I saw it beside the window.
我在窗戶旁邊看到的。

Thanks a lot!
老師，非常謝謝你。

You're welcome.
不客氣。

Wow, it looks so cool. Could you teach me how to use the camera?
哇！這台看起來很酷耶。你可以教我怎麼使用這台相機嗎？

Switch on the power first.
先打開電源。

OK, and what's the next step?
好的，那麼下一步是什麼呢？

Then, you can take pictures.
然後妳就可以照相了。

It's so interesting and useful.
它真是有趣又實用。

I think we can take a picture together with this camera.
我想我們可以一起用這台相機照張相。

It's a good idea!
好主意！

上課中想上廁所

May I go to the restroom?

我可以去上洗手間嗎？

跟我一起這樣唸

超神奇金字塔學習法！單字變句子

把May放在主詞前面當問句，可以禮貌地徵求對方的同意喔。

restroom 洗手間

go to the restroom 上洗手間

May I go to the restroom**?** 我可以去上洗手間嗎？

把may放在主詞後面回答，可以禮貌地同意對方的請求喔。

may 可以

you may 你可以

Yes, you may**.** 好的，你可以。

question 問題

ask a question 問個問題

May I ask a question**?** 我可以問個問題嗎？

may 可以

you may 你可以

Yes, you may**.** 好的，你可以。

019-3.mp3

019-4.mp3

正常速
慢速

英文對話親體驗

讓我們用主要的英文句子來交朋友吧！

表示「第一、第二」等等這種序數前需用定冠詞 the

Jackson, please read the first sentence.
傑克森，請唸第一段句子。

= Saturdays and Sundays

"I like to go shopping on weekends."
「我喜歡在週末時逛街。」

★表示從事某項活動時，我們使用了「go+動詞-ing」的用法，記得「動詞」要加上「~ing」喔！

Good job!
唸得很好！

禮貌上詢問可否做某件事的用法

Ms. Josephine, may I go to the restroom?
約瑟芬老師，我可以上洗手間嗎？

只能一個
一個去！

May we go to
the restroom?

Yes, you may.
好的，可以。

同樣的話也可以換個方式說喔！

★I like to go shopping on weekends.
我喜歡在週末時去逛街。

I like going shopping on weekends.
我喜歡在週末時去逛街。
I'm fond of going shopping on weekends.
我喜歡在週末時去逛街。

表達「喜歡」的 like、love 後面不但可以接「to + 原形動詞」，也可以接「動詞-ing」的形式。另外，我們也可以試試片語「be fond of」來表達自己喜歡的事物唷！只是要注意 fond of 後面一定要接名詞或動詞 -ing。

★Good job! 做得很好！

Well done! **做得很好！**
Nice work! **做得很好！**

這一句是我們稱讚某個人在某方面做得很好時所說的鼓勵。基本上，每一句都是鼓勵的用語，但我們比較常聽到的是 Good job！

★May I go to the restroom?
我可以去上洗手間嗎？

May I go to the bathroom? **我可以去上洗手間嗎？**
May I go to the toilet? **我可以去上廁所嗎？**

「洗手間」的說法有很多，但各有不同的解釋。如「restroom」通常是用來形容旅館或飯店內的廁所，而「bathroom」則是含有衛浴設備的盥洗室、廁所。「toilet」則是單純只有馬桶的廁所呢！但在英文中最正式又有禮貌的用法排列順序則是「restroom」>「bathroom」>「toilet」。

會話加UP！UP！ 使會話更加豐富的一句話！

I am going to the john. 我要去上廁所。

「廁所」在上一頁已經介紹了三種英文的說法。不過其實「lavatory」也是「廁所」的意思，但這個字通常在飛機上才會看到。今天，我們來學學另一個可愛的用法。「John」，這個單字從我們一開始學英文時就知道是「男生名，約翰」的意思。但如果字母小寫時，就是「男廁」的意思，所以「I am going to the john.」的語意解釋，並不是說「我要去找約翰」，而是「我要去上廁所」喔！相對地，女廁則是「ruth」。

英文單字輕鬆學 一起大聲唸喔！

019-5.mp3

* **may** [me] 助 可以
* **restroom** [`rɛst͵rum] 名 廁所，洗手間
* **afternoon** [`æftɚ͵nun] 名 下午
* **sentence** [`sɛntəns] 名 句子
* **shop** [ʃɑp] 動 購物；逛街
* **weekend** [`wik`ɛnd] 名 週末
* **job** [dʒɑb] 名 工作
* **be fond of** 片 喜歡
* **would like to** 片 喜歡
* **well** [wɛl] 副 很好地
* **done** [dʌn] 形 完成的、做完的
* **nice** [naɪs] 形 好的
* **work** [wɝk] 名 動 工作
* **bathroom** [`bæθ͵rum] 名 浴室、廁所
* **toilet** [`tɔɪlɪt] 名 廁所
* **john** [dʒɑn] 名 廁所

Unit
20

引起老師注意

英
020-1.mp3

英＋中
020-2.mp3

I can answer the question.

我能回答這個問題。

跟我一起這樣唸

超神奇金字塔學習法！單字變句子

Who is the most beautiful teacher in the school?
Who can answer the question?

question 問題

the question 這個問題

Who can answer the question**?** 誰能回答這個問題？

He can answer the question!
What?
陷害很大喔~!

I can 我能

I can answer 我能回答

I can answer the question**.** 我能回答這個問題。

question 問題

the question 這個問題

Who can answer the question**?** 誰能回答這個問題？

Who can answer the question?
AM I BEAUTIFUL?

He can 他能

He can answer 他能回答

He can answer the question**.** 他能回答這個問題。

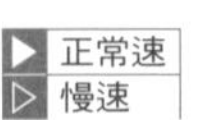

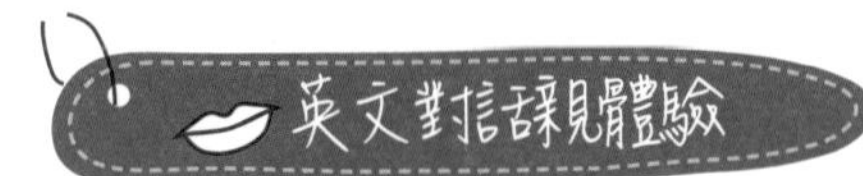

讓我們用主要的英文句子來交朋友吧！

Peter, can you answer the question? What does the word mean?
彼得，你能回答這個問題嗎？這個字是什麼意思？

這裡指上一句的 the word

I know. It means "big."
我知道，是「大的」。

兩個相反的事物，英文常會用這個形容詞修飾，意思是「相反的」

Good job, Peter. And what is the opposite word of "big"? Who can answer this question?
很好，彼得。那麼，跟「大的」相反的字是什麼字呢？誰可以回答這個問題？

= it is，用代名詞 it 代替 the word

Teacher, I can answer this question. It's "small."
老師，我能回答這個問題，就是「小的」這個字。

Thank you, Andy.
You are excellent.
謝謝你，安迪，你太棒了。

Can you answer the question?
喔~像我那麼帥，怎麼可能會不會呢？
噁~!

同樣的話也可以換個方式說喔！

★Can you answer the question?
你能回答這個問題嗎？

Can you tell me the answer? **你能告訴我答案嗎？**
What is your answer? **你的答案是什麼？**

通常老師會用這句話來要求小朋友回答問題，確認他是不是已經學會了。可是很多害羞的小朋友一遇到這句話就嚇呆了！其實老師沒有那麼可怕啦。如果知道答案的話就大大方方地講出來，如果不知道的話就坦白的說 No, I don't know the answer.，相信老師會很樂意為你再講解一次的。

★Who can answer this question?
誰可以回答這個問題？

Who can tell me the answer? **誰可以告訴我答案？**
Who knows the answer? **誰知道答案？**

跟上一句的表達方式有點不太一樣，這一句主要是老師在徵求會做題目的學生。所以上課聽到老師說出以上其中一句的時候，就是小朋友表現的時候了！勇於嘗試才會得到更多、更意想不到的收獲，所以 Raise your hand and answer.（舉手回答）吧。

★I can answer the question.
我能回答這個問題。

I know the answer. **我知道答案。**
I can tell you the answer. **我能告訴你答案。**

知道答案就不要客氣喔！很多小朋友就是太客氣了，即使知道答案也不敢舉手作答。學英文就是要勇敢地表達自己的意見，所以下次當老師在問問題時，不用客氣，請舉手說 I can answer the question.來吸引老師的注意吧。

會話加UP！UP！

使會話更加豐富的一句話！

Teacher, pick me! 老師，選我！

看過像「百萬小學堂」這種電視節目嗎？每次在問問題的時候很多小朋友都喜歡喊「選我、選我」！其實老師很喜歡問小朋友問題，目的不是要考倒你。相反地，老師希望小朋友可以從問題中思考，修正以及建立信心；小朋友也可以因為主動舉手回答讓老師更了解你。「Teacher, pick me!」就是一句神奇的咒語，它可以讓你的英文功力大增哦！以下是英文老師最常問的問題：

★What is it in English/Chinese?（這個字的）英文／中文是什麼？

★How do we call it in English/Chinese?（這個字的）英文／中文怎麼說？

★What does that mean in English?（這個字的）英文的意思是什麼？

★How do you pronounce it in English?（這個字的）英文怎麼唸？

★How do you spell it in English?（這個字）英文怎麼拼？

誰是今年最好吃
最可口的馬鈴薯？
Pick me~
Pick me~!

英文單字輕鬆學

一起大聲唸喔！

020-5.mp3

＊ **question** [`kwɛstʃən] 名 問題

＊ **answer** [`ænsɚ] 名 動 答案；回答

＊ **who** [hu] 代 誰

＊ **mean** [min] 動 表示…意思、意思是…

＊ **opposite** [`ɑpəzɪt] 形 相反的

＊ **excellent** [`ɛksḷənt] 形 優秀的

＊ **tell** [tɛl] 動 告訴

＊ **pick** [pɪk] 動 挑選

＊ **can** [kæn] 助 能；可以

Opposite words 反義字

小朋友，我們來學一些有趣的形容詞吧！

good 好的

bad 壞的

left 左邊

right 右邊

fat 胖的

thin 瘦的

in 在裡面

out 在外面

hot 熱的

cold 冷的

long 長的

short 短的

small 小的

big 大的

easy 容易的

difficult 困難的

Opposite words 反義字

020-7.mp3

小朋友，我們來學一些有趣的形容詞吧！

over 在上面	under 在下面	empty 空的	full 滿的

new 新的	old 舊的	slow 慢的	fast 快的

dirty 髒的	clean 乾淨的	dark 黑暗的	light 光亮的

soft 軟的	hard 硬的	open 打開的	closed 關上的

Unit
21

跟老師說我知道了

英
021-1.mp3

英＋中
021-2.mp3

I got it.

我懂了。

跟我一起這樣唸

超神奇金字塔學習法！單字變句子

understand 明白

you understand 你明白

Do you understand? 你明白嗎？

1÷2=1/2，一個馬鈴薯切成一半，等於1/2個馬鈴薯。
Understand?

Oh!
I got it!

為了讓你懂～我要被劈成一半～

it 它

got it 懂了

Yes, I got it. 是的，我懂了。

understand 明白

she understand 她明白

Does she understand? 她明白嗎？

那四分之一又是怎樣呢？

it 它

got it 懂了

Yes, she got it. 是的，她懂了。

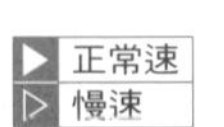

讓我們用主要的英文句子來交朋友吧！

Teacher, what does “slim” mean?
老師，「slim」是什麼意思？

make 是一種使役動詞，有「使、讓、令」的意思，後面直接接原形動詞

That means something is thin and long and makes people like it. Do you understand?
這個字有瘦瘦長長的意思，而且是個讓人喜歡的形容詞。你明白了嗎？

slim 就是「苗條纖細」的意思

Can I say a person is slim?
我可以說一個人是「slim」嗎？

Yes, you are right. Just like models.
可以，你說得沒有錯。就好像模特兒一樣。

I got it, thanks.
我懂了，謝謝。

老師，像你這種年紀又沒有女朋友，可以說是unpopular（不受歡迎）嗎？

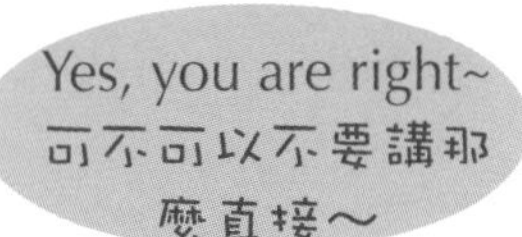

Yes, you are right~
可不可以不要講那麼直接~

同樣的話也可以換個方式說喔！

★Do you understand? 你明白了嗎？

Is it clear? **清楚了嗎？**
Do you get it? **你懂了嗎？**

老師在教完新的單字或句子之後，小朋友最常聽到他說 Do you understand，而你的回答百分之九十九點九都是 Yes，即使你可能有不懂的地方或根本聽不懂。記得，學生的責任是學習，學生有權利犯錯，所以不懂的時候請大聲說 NO。「clear」是指清晰、清楚，小朋友可以回答 Yes, it's clear. 或 No, it's not (clear).。「get」在這是指「了解，懂」的意思，你可以回答 Yes, I do. 或 No, I don't (get it).。

這裡的 got 是 get 的過去式，表示「已經理解了」

★I got it. 我懂了。

I understand. **我明白。**
I see. **我懂。**

表達「我懂了」有很多種說法，最常聽到的是 I understand.；最道地的用法則是 I got it，外國人有時候也會用 I see. 來表達他明白了。不過 I got it. 除了有「我懂了」之外，也有另外一個意思，例如要幫某人拿東西，想表達一種熱心時，也可以用這一句，意思是「我來吧！」。

★You are right. 你說得沒錯。

That's right. **沒錯。**
Right! **是的！**

從老師那邊吸收到知識之後，小朋友可以試著舉一反三，把剛學到的東西用其他的例子說說看。這個時候如果你舉的例子是對的，常常就會聽到老師說這句話。爸爸媽媽跟老師們也可以多用這些話來鼓勵小朋友多多表達喔。

會話加UP！UP！ 使會話更加豐富的一句話！

I don't get it. 我不懂。

世界上要懂的事情太多，沒有人什麼都會、什麼都懂，即使是一個想法、一個提議，有時候我們也不一定能馬上理解，這時可以說「Sorry, I don't get it. / I don't get you. / I don't get your point」。point 在這裡就是指對方的「想法、重點」。小朋友在跟朋友聊天或討論事情時，也會常遇到這種情形吧。不懂的時候請說「Sorry, I don't get your point. Could you repeat that?」這時，朋友再跟你說一遍，你弄懂了之後，可以說 Oh, I see.（啊，我知道了）或 Now I figure it out.（現在我弄懂了）。

我早就知道了。
噓~這是私房錢，不要告訴媽媽喔~!
Why? I don't get it.

英文單字輕鬆學 一起大聲唸喔！

021-5.mp3

＊ **understand** [ˌʌndɚˋstænd] 動 了解
＊ **figure out** 片 了解
＊ **slim** [slɪm] 形 苗條的
＊ **make** [mek] 動 使、讓
＊ **thin** [θɪn] 形 瘦的
＊ **long** [lɔŋ] 形 長的
＊ **model** [ˋmɑdl̩] 名 模特兒
＊ **clear** [klɪr] 形 清楚的
＊ **right** [raɪt] 形 對的
＊ **point** [pɔɪnt] 名 點、重點
＊ **repeat** [rɪˋpit] 動 重複

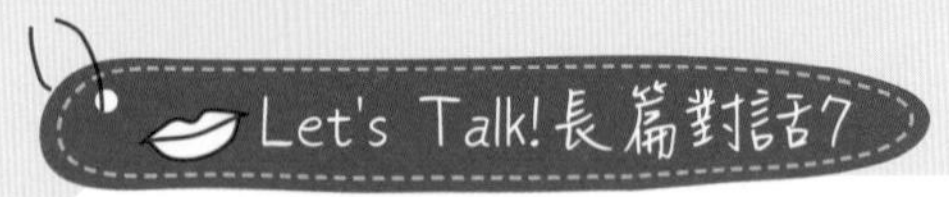

021-6.mp3

021-7.mp3

用前面幾課的內容，一起快樂的用英文對話吧！

Ms. Josephine, may I ask you a question?
約瑟芬老師，我可以問妳一個問題嗎？

Yes, you may.
好的，妳請問。

What does the word "company" mean?
「company」這個字是什麼意思呢？

company 也就是「公司」的意思

"Company" is a place your dad works in the daytime. Do you understand?
「company」是妳爸爸白天工作的地方。妳瞭解了嗎？

Oh, I got it, thank you.
喔，我懂了。謝謝妳。

Then, do you know what to call the people who work in a company?
那妳知道在公司裡面工作的人要怎麼稱呼嗎？

Umm~I don't know.
嗯～我不知道耶。

That's fine. Who can answer the question?
沒關係。誰可以回答這個問題呢？

Here~! Pick me~! I know the answer.
這裡～！選我～！我知道答案。

OK, Linda. Your answer is~?
OK，琳達。妳的答案是～？

workers 也就是「工作人員」的意思，字尾加 -s 表示複數

People who work in a company are "workers".
在公司裡面工作的人是「workers」。

Good job! You are excellent. Jackson, why are you raising your hand?
很好！妳好棒！傑克森，你為什麼把手舉起來呢？

May I go to the restroom, Ms. Josephine?
我可以去上廁所嗎，約瑟芬老師？

「時間 + to go」的句型表示「還剩下多久時間」

Well, it's only 5 minutes to go before the break. Can you wait for the break time?
嗯，離下課只剩五分鐘。你可以忍耐到下課嗎？

I am afraid I can't.
我恐怕沒辦法。

Then, you may go to the restroom.
那，你可以去上廁所。

馬鈴薯大特價，
一斤五元.
好難選～
Pick me! Pick me!
選我！選我！

介紹爸爸媽媽

英
022-1.mp3

英＋中
022-2.mp3

My mom has long hair.
我媽媽有一頭長髮。

超神奇金字塔學習法！單字變句子

look like 看起來像

your mom look like 你媽媽看起來像

What does your mom look like? 你媽媽外表看起來如何呢？

What does you
dad look like?

big eyes 大眼睛

has big eyes 有一雙大眼睛

My mom has big eyes. 我媽有一雙大眼睛。

look like 看起來像

your dad look like 你爸爸看起來像

What does your dad look like? 你爸爸外表看起來如何呢？

怎麼連你都會
跳Michael？

short hair 短頭髮

has short hair 有短頭髮

My dad has short hair. 我爸爸有一頭短頭髮。

022-3.mp3

022-4.mp3

正常速
慢速

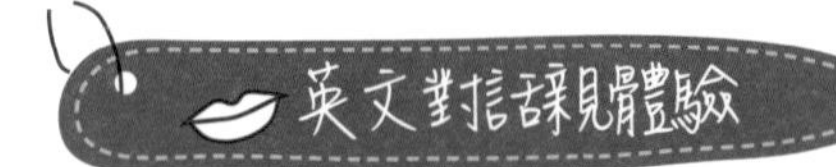
英文對話親體驗
讓我們用主要的英文句子來交朋友吧！

表示「能或不能」的助動詞要用 can

Hey, Peter. Can you introduce your family in English?
嘿，彼得，你能用英文介紹你的家庭嗎？

Who should I talk about first?
我該先談誰呢？

= what about

How about your mom? What does your mom look like?
先談談你媽媽吧！你媽媽的外表看起來如何呢？

My mom has big eyes and long hair.
昨天我媽抄好這一張要我照著唸～

Your mother must be very beautiful.

She has big eyes and she is always smiling.
她有一雙大眼睛而且總是微笑。

And then? 也可以用 What else? 來表達
然後呢？

Her hair is dark and curly but not very long.
她的頭髮是烏黑捲髮，但不是很長。

= a little bit long（一點長）

I think your mom must be very beautiful!
我想你媽媽一定很漂亮！

你也可以這麼說 同樣的話也可以換個方式說喔！

★Can you introduce your family in English? 你能用英文介紹你的家人嗎？

Can you use English to introduce your family?
你能用英文介紹你的家人嗎？
Let's talk about your family in English!
我們來用英文談談你的家人吧！

在上英文課的時候是不是最怕上台了？其實不管大人還是小朋友，很多學英文的人，平常對話還挺流利的，但一上台跟大家講話就講不出來了，這個時候老師很可能會用問題的方式來引導你，聽懂這幾個問句會很好用呢！

★What does your mom look like? 你媽媽的外表看起來如何呢？

What does your mom appear like? **你媽媽的外表如何呢？**
What is your mom like? **你媽媽是像怎樣的人呢？**

在中文裡，不管是在詢問他人外表或內在，似乎沒有做特別的區分，但在英文詢問「外表」時，則用「look like」，問「內在」時則用「be 動詞 like」。

forgot 是 forget 的過去式

★I forgot to finish my homework first. 我忘了先完成我的功課。

I forgot about my homework. **我忘了我的功課。**
I forgot that I had to finish my homework first.
我忘了我必須要先完成我的功課。

「forget」和「remember」之後都可以加「that 子句」、「原形動詞」和「動名詞」。如果後面接的是「to 動詞」就解釋成「忘記／記得」該做某件事卻沒去做；相反的，若後面接的是「動詞-ing」，則解釋成「忘記／記得」曾做過某件事。

會話加UP！UP！

使會話更加豐富的一句話！

My _____ look(s) like my mom's.

我的______看起來像媽媽。

「哪裡像媽媽？」、「哪裡像爸爸？」，一談到父母親的長相，很多小朋友也許就會遇到這樣的問題，這個時候就可以用這個句子來回答了，不過記得我們的身體有些是單個的，有些是成對的，所以遇到像眼睛、耳朵、眉毛等複數名詞都要在後面加上個 s，動詞絕對不能加上第三人稱單數的 s 喔！

英文單字輕鬆學

一起大聲唸喔！

022-5.mp3

* **mom** [mɑm] 名 母親
* **look like** 片 看起來像～
* **long** [lɔŋ] 形 長的
* **hair** [hɛr] 名 頭髮
* **dad** [dæd] 名 父親
* **brown** [braʊn] 形 褐色的
* **ask** [æsk] 動 問
* **see** [si] 動 看（見）
* **towards** [tə`wɔrdz] 介 朝～方向
* **angry** [`æŋgrɪ] 形 生氣的
* **forget** [fɚ`gɛt] 動 忘記
* **finish** [`fɪnɪʃ] 動 完成
* **homework** [`hom͵wɝk] 名 功課
* **appear like** 片 看起來像～
* **take after** 片 與～像
* **remember** [rɪ`mɛmbɚ] 動 記得

Unit
23

介紹兄弟姐妹

英

023-1.mp3

英+中

023-2.mp3

I am taller than Peter.

我比彼得還要高。

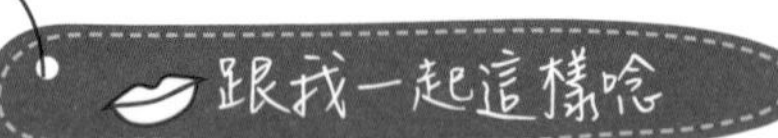

跟我一起這樣唸

超神奇金字塔學習法！單字變句子

taller 比較高

is taller 比較高

Who is taller? 誰比較高？

Who is taller?
我完全看不出誰比較高呀，不都一樣嗎？
He is taller than us.

Peter is shorter than I. 疊起來就贏了。
還要多久呀？

taller 比較高

I am taller 我比較高

I am taller than Peter. 我比彼得還要高。

shorter 比較矮

is shorter 比較矮

Who is shorter? 誰比較矮？

shorter 比較矮

Peter is shorter 彼得比較矮

Peter is shorter than I. 彼得比我還要矮。

呵，對我來說，你們都一樣矮。
這有什麼好比的呢？有人比我高嗎？
You are shorter than I.

023-3.mp3

023-4.mp3

讓我們用主要的英文句子來交朋友吧！

Jenny, do you have any brothers or sisters?
珍妮，妳有兄弟姐妹嗎？

brother 有「哥哥」、「弟弟」的意思

Yes, I have a brother. His name is Peter.
有，我有一個弟弟，名叫彼得。

我倆是不同的好嗎？
You are taller than us. How can you do that?

Then...who is taller?
那…誰比較高呢？

★規則性的比較級用法，通常是在單音節的形容詞後方加 er，字尾為 e 者加 r，字尾為 y 者，去 y 改成 ier。

I'm 140 centimeters tall. Peter is shorter than I. He is 130 centimeters.
我有140公分高，彼得比我矮，他130公分。

縮寫 =cm，而 meter 為公尺，字尾加 s 表示複數。

140 centimeters! Wow, you are taller than the class average. How can you do that?
140公分！哇，妳比全班的平均身高還高耶，妳怎麼辦到的？

中文解釋為「平均值」

Exercise more. I guess.
多運動吧，我猜。

你也可以這麼說 同樣的話也可以換個方式說喔！

★I'm 140 centimeters tall.
我有140 公分高。

My height is one meter and 40 centimeters tall. 我的身高一米四。
I'm 4 feet and 7 inches tall. 我有4呎7吋高。

表達「身高」有很多種方式，在英制的地方用英呎 (foot) 和英吋 (inch)；在公制的地方則用公尺（又稱米，meter）、公分 (centimeter)。在臺灣，我們通常是用公尺、公分來表達，但別忘了學學英制用法，多數國家幾乎是以英制計算的！小小提示：1 呎＝30.48 公分；1 吋＝2.54 公分。

★Peter is shorter than I. 彼得比我更矮。

Peter is shorter than me. 彼得比我更矮。
Peter is shorter than I am. 彼得比我更矮。

比較級用法中，通常會在比較級形容詞之後加上個 than，第二句屬於較口語的用法，直接用受格 me，第三句則屬於較正式的文法用語，shorter than 的前面是 Peter is 的結構，所以後面也要用「主詞＋be 動詞」的結構，基本上，並無對與錯之分別唷！

★Exercise more. 多運動。

Take more exercise. 做更多的運動。
Have more workouts. 做更多的運動。

常聽人說：「要活就要動。」要擁有完美的人生，最重要的是先擁有健康的身體，是不是呢？在第二句英文裡，我們將「exercise」改變成名詞形式來表達「多做運動」。當然，你也可以使用第三句的「workout」。不同的是，「exercise」當名詞解釋為「運動」時為不可數名詞，「workout」則是可數名詞喔！

會話力UP！UP！ 使會話更加豐富的一句話！

You should exercise regularly.
你應該定期運動。

從小到大，老師並不太熱衷「運動」這一件事，諸如：健行、爬山、慢跑等讓老師流汗的運動，一概提不起勁。直到有一天，陪著孩子們玩大地遊戲讓我跑得氣喘噓噓時，有位小朋友對我說：「老師，You should exercise regularly.（你應該定期做運動），才不會老得快。」聽到這句話，真是嚇了一跳呢！想不到小朋友還可以給大人這麼棒的意見，對吧！

英文單字輕鬆學 一起大聲唸喔！

023-5.mp3

* than [ðæn] 連 比、比較
* taller [tɔlɚ] 形 比較高的（tall 的比較級）
* shorter [ʃɔrtɚ] 形 比較矮的（short 的比較級）
* soon [sun] 副 不久；很快地
* take [tek] 動 拿取；做（運動）
* more [mor] 形 副 更多的；更～
* exercise [ˋɛksɚˏsaɪz] 名 動 運動
* then [ðɛn] 副 那麼
* get [gɛt] 動 變得
* centimeter [ˋsɛntəˏmitɚ] 名 公分
* feet [fit] 名 英呎（foot 的複數形）
* inch [ɪntʃ] 名 吋
* meter [ˋmitɚ] 名 公尺
* workout [ˋwɝkˏaʊt] 名 運動
* regularly [ˋrɛgjələlɪ] 副 規律地

Unit
24

介紹家裡愉快的經歷

英
024-1.mp3

英＋中
024-2.mp3

We went to Kenting last Sunday.

上週日我們去了墾丁。

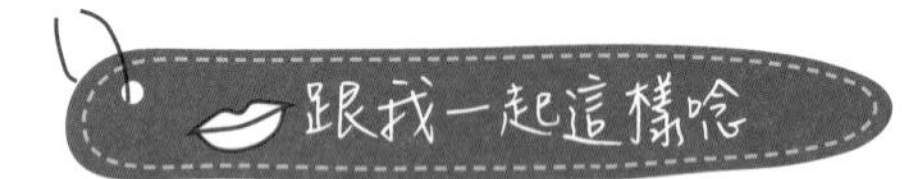
跟我一起這樣唸

超神奇金字塔學習法！單字變句子

Kenting 墾丁

went to Kenting 去了墾丁

We went to Kenting last Sunday**.** 上週日我們去了墾丁。

We'll go to Kenting next weekend.
我們要去海邊拍我們第一支MV
The Potatoes

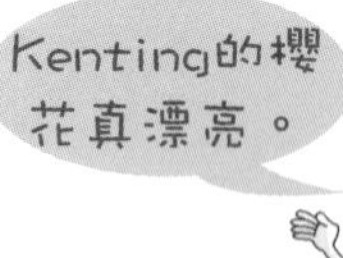
Kenting的櫻花真漂亮。

We went to Kenting last Sunday.

day 一天

a wonderful day 很棒的一天

What a wonderful day**!** 多麼棒的一天啊！

Kenting 墾丁

go to Kenting 去墾丁

We'll go to Kenting next weekend**.** 下週末我們要去墾丁。

你確定那裡是Kenting嗎？

weekend 週末

a wonderful weekend 很棒的週末

What a wonderful weekend**!** 多麼棒的週末啊！

024-3.mp3

024-4.mp3
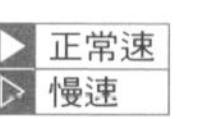
正常速
慢速

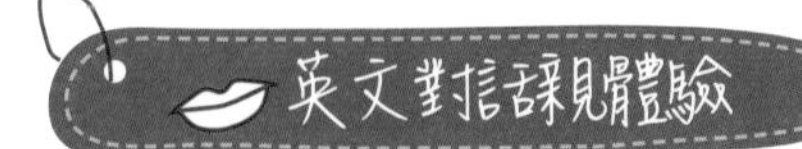
英文對話體驗
讓我們用主要的英文句子來交朋友吧！

助動詞 do 的過去式　　解釋為「上次」時，時態要用過去式

Where did you go last Sunday, Peter?
彼得，上週日你去哪裡呢？

時態是過去式，go 的過去式用 went

I went to Kenting with my family.
我和家人到墾丁。

「和～一起」做某事，
通常用這個介系詞喔！

What did you do there?
你們在那裡做了什麼呢？

Maybe you can
join us next time.

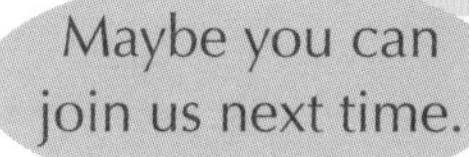
WE WANT YOU

We went snorkeling there.
我們一家人都去浮潛哦！

也可以省略掉 That（在此指潛水一事），變成「sounds interesting」，為比較口語的表達方式

That sounds interesting.
聽起來很有趣。

可以替換成 perhaps

Exactly! Maybe you can join us next time.
沒錯！也許下次妳可以加入我們的行列。

同樣的話也可以換個方式說喔！

★Where did you go last Sunday?
上週日你去哪裡了呢？

Did you go anywhere last Sunday? **上週日你有去任何地方嗎？**
May I know where you went last Sunday?
我可以知道上週日你去哪裡了嗎？

詢問他人到何處，通常所使用的疑問副詞為「where」。也可以使用第二句和第三句英文來表達，要注意的是在第三個句子裡，主要子句得用間接詢問方式，也就是把第一句的助動詞 did 拿掉，go 則需以過去式「went」來呈現！

★That sounds interesting! 聽起來很有趣！

Sounds interesting! **聽起來很有趣！**
Interesting! **很有趣啊！**

「interesting」是用來形容東西或人為「有趣的，令人關注的」，對話中提到「去墾丁玩聽起來很有趣」。除了省略掉主詞「That」避免句子的重複，我們更可以簡短地使用 interesting 來描述，是不是很容易琅琅上口呢？

★Exactly! 沒錯！

That's right! **是的！**
Without doubt! **無疑的！**
You bet (your life). **你說得對。**

當我們要非常「肯定」或是「認同」對方所說之事物一點都不假的時候，便可以採用這三句來表達。最後一句的用法與前幾句意思差不多，主要是在表達「你所說的是對的」，「你可以用你一生來打賭你所說的是對的」，也是一句道地的用法。

會話加UP！UP！ 使會話更加豐富的一句話！

You're right on the nose. 完全正確。

小朋友，你會用哪些英文用詞來表達「正確」的意思呢？想想不外乎是「You're right.」、「Exactly!」等較耳熟能詳的字句吧！在外國，他們也會用一根手指頭指在自己的鼻子上，就像在玩射飛鏢遊戲般正中紅心一樣的準確來表達「沒錯！」的意思！下次你也可以試試這種俏皮又可愛的方式唷！

You're right on the nose.
我是一匹驢子？

英文單字輕鬆學 一起大聲唸喔！

024-5.mp3

* **went** [wɛnt] 動 走（go 的過去式）
* **Kenting** [kɛntɪŋ] 名 墾丁
* **last Sunday** 片 上個禮拜日
* **wonderful** [`wʌndɚfəl] 形 美好的；棒的
* **next weekend** 片 下週末
* **there** [ðɛr] 副 那裡
* **sound** [saʊnd] 動 聽起來～
* **interesting** [`ɪntərɪstɪŋ] 形 有趣的
* **exactly** [ɪg`zæktlɪ] 副 正確地
* **maybe** [`mebɪ] 副 或許
* **perhaps** [pɚ`hæps] 副 或許
* **join** [dʒɔɪn] 動 加入、參與
* **right** [raɪt] 形 對的、正確的
* **without** [wɪ`ðaʊt] 介 沒有
* **doubt** [daʊt] 名 動 疑問；懷疑
* **nose** [noz] 名 鼻子

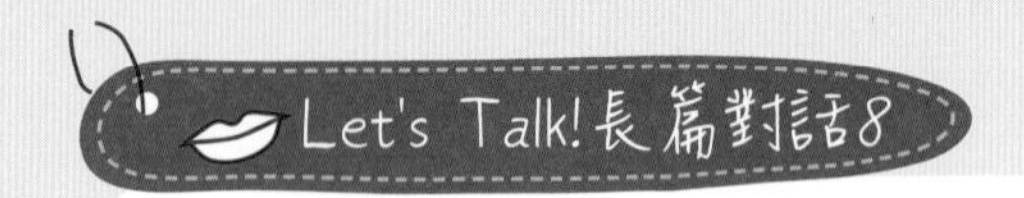

用前面幾課的內容，一起快樂的用英文對話吧!

024-6.mp3

024-7.mp3

Hey, Peter. Where did you go last weekend?
嗨，彼得。上週末你去了哪裡？

I went to Kenting last weekend.
我上週末去了墾丁一趟。

Really? With your family?
真的嗎？和你的家人嗎？

Yes, and here are some pictures in Kenting.
是呀，而且這裡還有一些墾丁的照片唷。

Who is the girl with long black hair?
有著一頭烏黑長髮的女孩是誰呢？

She is my sister, Jenny. She is taller than I am.
她是我姐姐，珍妮。她比我還高。

Your sister also has big eyes. She's pretty. How about this one?
你的姐姐也有一雙大眼睛。她真漂亮。那這一位呢？

This is my mother.
這是我媽媽。

Your eyes look like your mother's. Why isn't your father in the picture?
你的眼睛看起來真像你媽媽的眼睛。為什麼你爸爸不在照片裡面呢？

Because he was taking the picture for us.
因為他在幫我們照相。

Oh! I see. Then, what does your father look like?
哦！我了解了。那麼，你爸爸的外表看起來如何?

His hair is short and he is always wearing glasses. His mouth looks like mine and I think you met him yesterday.
他的頭髮是短的，他總是戴著一副眼鏡。他的嘴巴看起來像我的，而且我想你昨天遇過他。

You mean the person who picked you up after school yesterday is your father?
你是說，昨天放學後來接你的那位是你的爸爸嗎？

That's right.
是的。

Your eyes look like your mother's.
好好吃的比薩！

放學後

When will you pick me up?
The soup tastes great!
Can you help me with my homework?

管教與溝通

Can you listen to me first?
Why are you so angry?
You didn't tell me.

做家事

I will give you a hand.
I'm sorry about that.
It's my pleasure.

聊天

My first class is at 8.
I play basketball very often.
I feel happy.

Chapter 03

用英文和爸媽培養感情

我要做個乖小孩

問爸媽什麼時候來接我

025-1.mp3

025-2.mp3

When will you pick me up?

你什麼時候要來接我？

超神奇金字塔學習法！單字變句子

When will you pick me up?

pick me up 接我

will you pick me up 你要來接我

When will you pick me up? 你什麼時候要來接我？

I will pick you up at six.

at six 6 點時

pick you up at six 6 點時接你

I will pick you up at six. 我 6 點會去接你。

pick you up 接你

will your mom pick you up 你媽媽會來接你

When will your mom pick you up? 你媽媽什麼時候會來接你呢？

My mom will pick me up at ten.

我就是你媽，跟我回家吧。

When will your mom pick you up?

at ten 10 點時

pick me up at ten 10 點時接我

My mom will pick me up at ten. 我媽媽 10 點時會來接我。

025-3.mp3

025-4.mp3

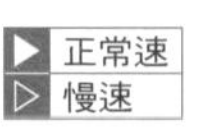
正常速
慢速

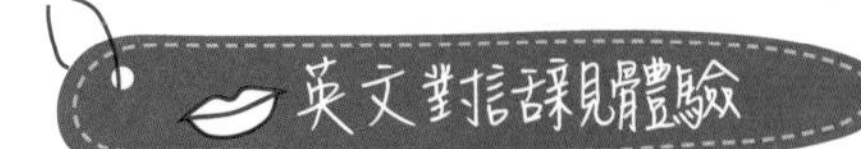
英文對話親體驗

讓我們用主要的英文句子來交朋友吧！

「詢問原因」的疑問副詞　　think（想、以為）的過去式

Why are you still here? I thought you went to your friend's birthday party.
妳怎麼還在這裡呢？我以為妳已經去妳朋友的生日派對了呢！

與「just a second」同義，皆表示等一下

Just a moment. It's too difficult to choose which shoes I should put on.
等一下，到底該穿哪雙鞋呢？好難選喔。
★「too + 形容詞 + to + 動詞」句型表示「太～以致於不能～」。

It's ten fifteen now. You are already fifteen minutes late!
現在是 10 點 15 分，妳已經遲到 15 分鐘了！

= pair of shoes，一雙鞋

OK, this pair. Bye, Dad, when will you pick me up?
好吧，就這雙，爸比再見，你什麼時候來接我呢？

時間點前面的介系詞應當用 at

I will pick you up at six. Have a good day!
我 6 點的時候會去接妳。
今天好好玩啊！

It's too difficult to
choose which shoes
I should put on.

同樣的話也可以換個方式說喔！

★Why are you still here?
你怎麼還在這裡呢？

Why do you still stay here? 你怎麼還待在這裡呢？
Why do you still stop here? 你怎麼還停在這裡呢？

小朋友，你們是不是常常拖拖拉拉的，一出門就要拖個老半天？想著要穿什麼衣服，搭配什麼鞋子呢？這裡使用的「stay」、「stop」都含有「逗留」的意思喔！

★It's too difficult to choose.
這實在太難了以致於無法選擇。

It is so difficult that I can't choose. 這太難了，我無法選擇。
It isn't easy enough to choose. 這並不簡單到能做選擇。

「too... to...」解釋為「太～以致於不能～」，常與意思相反的「...enough to...」來做比較。要注意「too... to...」本身有否定的意思，而「...enough to...」為肯定的意思。另外，「so... that 子句」的結構也是表達「太～以致於～」的意思。與「too... to...」不同的是，that 後面要接子句，而 to 後面接原形動詞。

★It's ten fifteen now. 現在是 10 點 15 分。

It's a quarter after ten. 現在是 10 點又過了 15 分鐘。
It's forty-five to eleven. 現在離 11 點還有 45 分鐘。

哇！時間的表達方式還真多種。除了最廣為孩子們熟悉的「時＋分」之外，我們可以學學 quarter「一刻鐘 = 15 分鐘」的表達方式。但要注意，「after」是指超過幾點，而「to」則是指還有多少時間就要幾點。兩者看似有些難度，但反覆練習，就會得心應手囉！

會話加UP！UP！

使會話更加豐富的一句話！

I will pick you up at sixish.

我差不多 6 點來接你。

「時間」要如何表達才夠酷、夠炫呢？在美國，你會聽到很多口語英文是教科書裡學不到的！今天，我們來學學這個超級 Slang（俚語）的用法吧！只要在「number」（數字）後加上「-ish」，中文解釋為「差不多幾點的時候」，這個英文說法，字典上還查不到呢！

I will pick you up at sixish.
不是應該12點嗎？

英文單字輕鬆學

一起大聲唸喔！

025-5.mp3

- ＊**pick up** 片 搭載；以車子接送
- ＊**o'clock** [ə`klɑk] 名 整點
- ＊**still** [stɪl] 副 仍然；還
- ＊**wait for** 片 等候；等待
- ＊**know** [no] 動 知道
- ＊**too...to** 太～以致於不能
- ＊**stay** [ste] 動 停留；留下
- ＊**stop** [stɑp] 動 逗留；停下
- ＊**quarter** [`kwɔrtɚ] 名 一刻鐘；十五分鐘
- ＊**after** [`æftɚ] 介 在～以後
- ＊**to** [tu] 介 直到；在～之前
- ＊**enough** [ə`nʌf] 形 副 足夠的；足夠地

Unit
26

讚美媽媽做的晚餐

英
026-1.mp3

英+中
026-2.mp3

The soup tastes great!

湯嚐起來真棒！

跟我一起這樣唸

超神奇金字塔學習法！單字變句子

有老鼠！

great 棒

tastes great 嚐起來真棒

The soup tastes great**!** 這湯嚐起來真棒！

The cake tastes great!
I'm glad you like it.

glad 高興

I'm glad 我很高興

I'm glad **you like it.** 我很高興你喜歡。

great 棒

tastes great 嚐起來真棒

The cake tastes great**!** 這蛋糕嚐起來真棒！

glad 高興

I'm glad 我很高興

I'm glad **you like it.** 我很高興你喜歡。

我想吃馬鈴薯，這裡有嗎？
不會吧

026-3.mp3

026-4.mp3

正常速
慢速

英文對話親體驗

讓我們用主要的英文句子來交朋友吧！

Mom, I'm home. When can we have dinner? I am hungry.
媽，我回來了。我們什麼時候可以吃晚餐？我餓了。

這是媽媽命令 Peter 要去做某件事的祈使句結構，動詞得用原形。Go wash 是 Go and wash 的省略形態

Peter, the dinner is ready. Go wash your hands first.
彼得，晚餐準備好了，你先去洗手。

Wow, all the dishes look delicious.
哇！菜色看起來都好好吃的樣子。

用於句首，作為引起注意的招呼！

祈使句結構，去掉主詞，動詞用原形

Here's the soup. Taste it!
湯來了。嚐嚐看！

Here's the soup.
^^#$%&%$

The soup tastes great!
哇！湯真好喝！

I'm glad you like it.
很高興你喜歡。

同樣的話也可以換個方式說喔！

★I'm hungry. 我餓了。

I'm starving. 我餓壞了。
I feel like I can eat a horse now. 我覺得我可以吃下一匹馬了。

小朋友，你們有沒有聽過「我餓到可以吃掉一頭牛」這句話呢？其實語言也有文化習俗的分別，在美國，如果覺得自己很餓，則是習慣用「一匹馬」來表示自己餓到可以吃下很多東西。但在台灣，則習慣用「一頭牛」。

★Go wash your hands first.
先去洗你的手。

Go and wash your hands first.
先去洗你的手。
You should wash your hands first.
你應該先洗你的手。

當給人命令時，go 後面可以直接接原形動詞表達「去做某事」的意思，這是把連接詞 and 省略掉以後的形態，各位想想，這個語氣，是不是跟媽媽用中文說「去洗手」、「去寫作業」、「去刷牙」很像呢？

★The soup tastes great!
這湯嚐起來真棒！

The soup is yummy! 這湯很好喝！
What a tasty soup! 這麼美味的湯啊！

讚美東西好吃的單字有很多，例如 delicious、yummy、tasty 等都是，如果一時想不起來，也可以單純的用 good、great 來表達，再配上一些句型的運用，就可以用來讚美媽媽辛苦做的美味料理喔！

會話力UP！UP！ 使會話更加豐富的一句話！

It’s the best food in the world.
這是世界上最好吃的食物。

什麼東西最好吃呢？其實每個人的答案都不一樣，但是有一個味道是大家公認最棒的，那就是「媽媽的味道」！現在爸爸媽媽都盡量以「鼓勵的方式」來教育小朋友，但其實爸爸媽媽也同時需要小朋友的鼓勵，所以找個機會來鼓勵爸爸媽媽吧。例如，吃飯的時候就是最好的機會。

It’s the best food in the world.

英文單字輕鬆學 一起大聲唸喔！

026-5.mp3

* **soup** [sup] 名 湯
* **taste** [test] 動 嚐；品嚐
* **great** [gret] 形 美妙的；極好的
* **glad** [glæd] 形 高興的
* **come** [kʌm] 動 來
* **dinner** [`dɪnɚ] 名 晚餐
* **cook** [kʊk] 名 動 廚師；烹煮
* **make** [mek] 動 做（出）
* **cake** [kek] 名 蛋糕

Unit
27

請爸媽教我做功課

英
027-1.mp3

英＋中
027-2.mp3

Can you help me with my homework?

你可以教我功課嗎？

跟我一起這樣唸

超神奇金字塔學習法！單字變句子

Can you help me with my homework?

homework 功課

my homework 我的功課

help me with my homework 教我功課

Can you help me with my homework**?** 你可以教我功課嗎？

Yes, I can.

can 可以

I can 我可以

Yes, I can**.** 好的，我可以。

homework 功課

my homework 我的功課

help me with my homework 教我功課

Can you help me with my homework**?** 你可以教我功課嗎？

Sorry,
I can't.

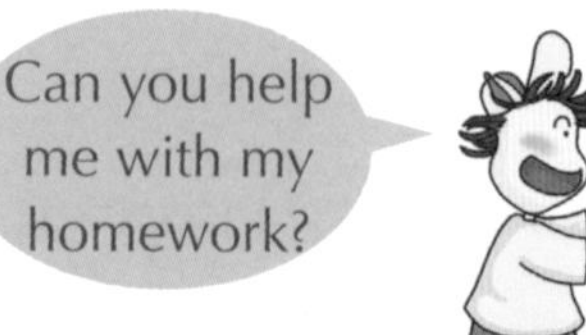
Can you help
me with my
homework?

can't 不行

I can't 我不行

Sorry, I can't**.** 抱歉，我不行。

數學

027-3.mp3 027-4.mp3

▶ 正常速
▷ 慢速

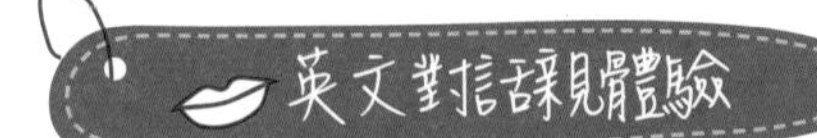
英文對話親體驗

讓我們用主要的英文句子來交朋友吧！

雖然主詞是 Jenny，但由於是祈使句結構，動詞得用原形

Jenny, do your homework now.
珍妮，現在做妳的功課。
★homework 是不可數名詞，字尾不可加 “s”。

be bad at 不擅長於～

All right. But I'm bad at math. I can't do it myself.
好。可是我數學很糟，我沒辦法自己做。
★math 數學。「科目」為專有名詞，前面不須加定冠詞 “the”。

請求或是要求別人做某事用「ask...to」句型

You can ask your father to teach you.
妳可以請妳爸比教妳。

在某方面需要協助時，我們用介系詞「with」

Dad, can you help me with my homework?
爸比，你可以教我功課嗎？

Yes, I can. No problem!
好啊，我可以。沒問題！

Can you help me with my homework?
自然科學
自然科學

Ok, that's easy.
我是泰山！

同樣的話也可以換個方式說喔！

★I'm bad at math. 我數學很糟。

I'm not good at math. **我數學不好。**
Math will kill me! **數學會把我搞垮！**

有好就有壞；有擅長之處，當然也就有不擅長的地方。因此我們用「good」和「bad」來形容一個人「擅長」與「不擅長」。另外，第三句當然不是真的被數學殺死 (kill)，而是一種誇張的表示法，來強調數學的難度。

★I can't do it myself. 我無法自己做。

I can't do it by myself. **我無法靠我自己做。**
I can't do it on my own. **我無法靠我自己做。**

雖然第二句只比第一句多了 by，但第一句並不是第二句省略 by 而來的，第一句強調的是「親自去做某事」，而第二句則是強調「靠自己獨自去做某事」。另外也可以用 on my own 來換句話說了。

★Can you help me with my homework? 你可以教我做功課嗎？

Can you give me a hand with my homework?
你可以教我做功課嗎？
Could you do me a favor with my homework?
你可以教我做功課嗎？

雖然中文習慣用「教」，但英文裡面則是習慣用 help（幫忙、協助）而非用 teach 這個動詞。另外，也可以順便記住「help me」的其它說法：「give me a hand」跟「do me a favor」也都是「協助我、幫我」的意思。

會話加UP！UP！ 使會話更加豐富的一句話！

Do you mean that...? 你是說…？

當別人在教你的時候，表現出積極學習的態度是很重要的，而最好的表現方式，就是利用自己的方法再一次的把懂的部分說出來，一方面也可以讓爸爸、媽媽，或者老師再次確認你學到的是不是正確喔！比如，在學校上完體育課要回教室時，老師看到準備要搭電梯到 2 樓的你，並對你說：You should exercise more.（你應該多運動。），這時你可以說 Do you mean that I should climb the stairs?（你是說我應該要走樓梯嗎？）。

英文單字輕鬆學 一起大聲唸喔！

027-5.mp3

* can [kæn] 助 能
* help [hɛlp] 動 幫忙
* homework [`hom͵wɝk] 名 功課
* be bad at 片 不擅長於…
* give...a hand 片 給予…幫忙
* ask...to 片 請求…
* teach [titʃ] 動 教（導）
* no problem 片 沒問題
* do...a favor 片 幫忙…
* math [mæθ] 名 數學

Dad, when will you pick me up after school?
爸比，放學之後你會幾點來接我呢？

I'll pick you up at four.
我大概 4 點的時候去接你。

See you then, Dad!
爸比，再見囉！

See you.
再見！

（After school 放學後）

Mom, I'm home.
媽咪，我回來了。

Go wash your hands and have some hot soup!
去洗洗手，再來喝些熱湯吧！

All right. Hmm...The soup tastes great! I love it!
好。嗯～這湯真好喝！我好喜歡哦！

I'm glad you like it. After having the soup, do your homework.
很高興你喜歡。喝完湯之後去做功課吧。

But it's too difficult to do math homework.
但數學作業太難了啦。

You can ask your father to do you a favor.
你可以請爸比幫忙。

Dad, can you give me a hand with my math homework, please?
爸比，可以請你教我數學功課嗎？

Why not? I'm good at math!
為什麼不呢？我數學很好呢！

Thank you, Dad.
謝謝爸比。

Unit
28

請爸媽聽我解釋

英
028-1.mp3

英+中
028-2.mp3

Can you listen to me first?

你可以先聽我說嗎？

跟我一起這樣唸 超神奇金字塔學習法！單字變句子

Can you listen to me first?

first 先

listen to me first 先聽我說

Can you listen to me first**?** 你可以先聽我說嗎？

OK, go ahead.

ahead 向前

go ahead 你說吧

OK, go ahead**.** 好，你說吧。

first 先

listen to her first 先聽她說

Can you listen to her first**?** 你可以先聽她說嗎？

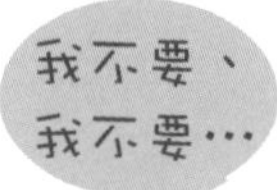
我不要、
我不要…

Can you listen to me first?
何必跟鸚鵡過不去呢？

don't 不

I don't want 我不想

No, I don't want**.** 不，我不想。

028-3.mp3

028-4.mp3

正常速
慢速

英文對話購體驗

讓我們用主要的英文句子來交朋友吧！

are 的過去式

Peter, why were you late for school this morning?
彼得，你今天早上為什麼上學遲到呢？
片語，意思是「遲到」，後面可加「名詞」或「動詞 -ing」

meet（遇見）的過去式

I met Andy on my way to school.
我在上學途中遇到安迪。
★「on one's way to...」意思是「在～的途中」，one's 為所有格，表示「某某人的」。

And then, both of you went to play?
然後你們兩個就跑去玩嗎？

「聚精會神地仔細聽」，和 hear（聽見）差別很大喔！

Can you listen to me first, Mom?
媽，妳可以先聽我說嗎？

Why were you late?
這個...

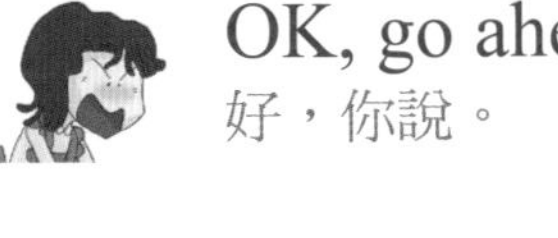

OK, go ahead.
好，你說。

Andy's bike was broken. I just walked with him.
安迪的腳踏車壞了。我只是陪他一起走到學校。
我們用過去分詞當形容詞來修飾 bike 壞掉。

Umm...I see. Good boy! You have been very helpful.
嗯，我懂了。好孩子！你很樂於助人。
★用「have + been（be 動詞的過去分詞）」結構來表示「一直是」的狀態。

同樣的話也可以換個方式說喔！

★Why were you late for school this morning? 你今天早上為何會上學遲到呢？

Why were you tardy for school this morning?
你今天早上為何會上學遲到呢？
Why did you go to school late this morning?
你今天早上去學校為何會遲到呢？

相信每個人都有「遲到」的經驗！除了教科書最常提到的用法「be late for」之外，要表達「遲到的；遲的」還有很多字句可以替換，今天就來學學「tardy」這個字，它和 late 的用法是一模一樣的呢！「late」也是副詞，因此可以放在「go to school」之後來做修飾。

★OK, go ahead. 好，你說吧。

Yes, I'm listening. **是的，我正在聽。**
Yes, I'm all ears. **是的，我洗耳恭聽。**

聽孩子說話是很重要的，尤其不要因為在氣頭上，就完全不聽孩子解釋，所以以上三句爸爸媽媽可以學起來。「go ahead」原意是繼續的意思，所以在對話中表示跟對方說「你說吧，你繼續吧」。「I'm listening」字面上就是指「我正注意聽」，而「I'm all ears」是比較口語的說法，所有的耳朵都來了，當然就是準備好要仔細聆聽了。

「be 動詞＋過去分詞」表示被動式

★Andy's bike was broken. 安迪的腳踏車壞了。

Andy's bike broke down. **安迪的腳踏車壞了。**

很多人常會把這兩句的動詞混淆，寫出「was broken down」這樣的句子，我們一般會認為機器是「被弄壞的」，但 break down不能用被動語態（be 動詞＋過去分詞）表示，只能用主動語態。

會話加UP！UP！ 使會話更加豐富的一句話！

Talk to the hand! 我不想再聽了！

你是否常會聽到別人「解釋理由」而感到厭倦呢？老師我可是常聽到很多的理由呢！而且對象都是學生們！為什麼呢？因為忘了寫功課嘛！老師曾經聽過一個最瞎的理由是「我的功課被小狗咬走了！」哇！真是隻好學的小狗啊！當我聽到這一句話，我馬上將我的整隻手向外伸展並貼到他的臉說「Talk to the hand.」，告訴對方「別再說下去了！」。記得一定要學會這個帶點可愛但又有點生氣的動作唷！

一起大聲唸喔！

028-5.mp3

* **listen to** 片 聽
* **be late for** 片 遲到
* **met** [mɛt] 動 遇見（meet 的過去式、過去分詞）
* **play** [ple] 動 玩
* **bike** [baɪk] 名 腳踏車
* **broken** [`brokən] 形 損壞的
* **just** [dʒʌst] 副 正好；恰好
* **tardy** [`tɑrdɪ] 形 遲到的
* **hear** [hɪr] 動 聽（見）

請爸媽不要那麼生氣

Why are you so angry?

你為什麼這麼生氣？

超神奇金字塔學習法！單字變句子

angry 生氣

so angry 這麼生氣

Why are you so angry**?** 你為什麼這麼生氣？

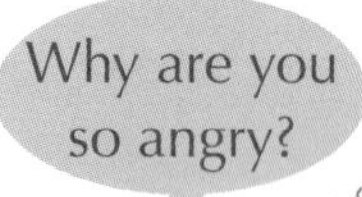

report card 成績單

your report card 你的成績單

Because of your report card**.** 因為你的成績單。

angry 生氣

so angry 這麼生氣

Why is Dad so angry**?** 爸爸為什麼這麼生氣？

只是畫幾個圓圈圈也要發那麼大的脾氣。

report card 成績單

my report card 我的成績單

Because of my report card**.** 因為我的成績單。

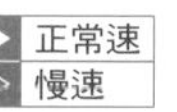

029-3.mp3 029-4.mp3

▶ 正常速
▷ 慢速

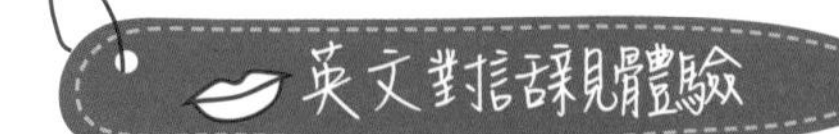
英文對話親體驗

讓我們用主要的英文句子來交朋友吧！

Jenny, come here!
珍妮，過來！

「如此、這麼」的意思。屬於「程度副詞」，用來修飾「angry」

Why are you so angry, Dad?
你為什麼這麼生氣呢，爸比？

「because of＋名詞」，和「because＋子句」兩種用法的中文意思是相同的

Because of your English report card.
因為妳的英文成績單。

在某科目的成績，要用介系詞「on」

I got good grades on it.
我成績不錯啊！

I've done my best already.

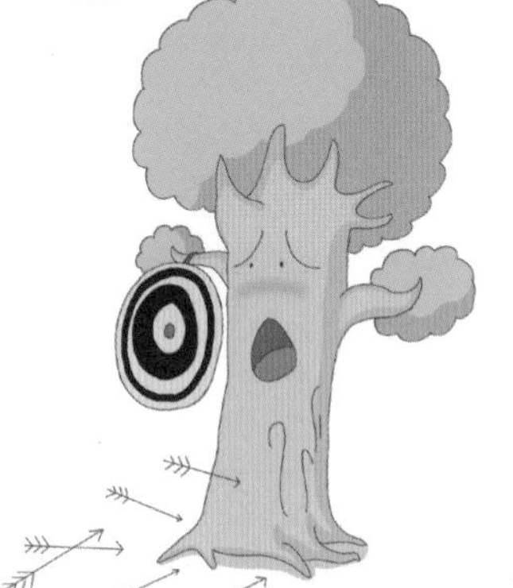
這已經是你第8925次的練習了。

But you just got 96.
可是妳只有拿到 96 分。

I've done my best already.
我已經盡力了。

可放在 have 和 done 中間，或是置於句尾，特別強調「已經」之意

同樣的話也可以換個方式說喔！

★Come here! 過來！

Come over here! 過來！
Get over here! 來這邊！

注意到了嗎？我們叫人家過來的動作是手掌向下揮一揮；而外國人則是手掌朝上，用食指不停地往內勾，是有點嚴肅並帶些威脅之語氣，要對方過來。此時，再加上以上三個句子，聽起來，看起來似乎都含有「糟了！」的意味。

get 的過去式，意思是「已經得到了」

★I got good grades on it.
我得到了不錯的成績。

I got good scores on it. 我得到了不錯的分數。
I got good marks on it. 我得到了不錯的成績。

「分數」的用字大致以「grade」、「score」和「mark」這三個字最為常見。「grade」有著等級之分，如 A+、B–、C 等；「score」則是有一個明確的數字顯現；而「mark」相當於「grade」以字母做分級，通常是英國用法。三者皆有「分數；成績」的意思。

I have 的縮寫

★I've done my best already. 我已經盡力了。

I've tried my best already. 我已經盡力了。
I've done all that I can. 我已經盡我所能的去做了。

「do one's best」和「try one's best」都是形容某人為了某事盡力而為的用法；在中文解釋上是「做到最好」，但以外國人的思考而言，而是「盡所能」即可，因此可延伸引用第三個句子「do all that one can」喔！

會話加UP！UP！ 使會話更加豐富的一句話！

Could you stay calm and listen to me first?

你能保持冷靜先聽我說嗎？

各位小朋友們千萬要記得，爸爸媽媽是因為關心你們才會常常管東管西，有時可能會求好心切，設定的標準太嚴格，讓你無法達到爸媽的標準，但爸爸媽媽的出發點都是為你們著想的喔！所以遇到爸爸媽媽生氣時，不要覺得很厭煩，馬上就回嘴，這樣很快的又會跟爸爸媽媽大吵一架，大家可以把這句學起來，先請爸媽冷靜下來，聽你好好的解釋，家裡面要好好的溝通，才不會老是吵吵鬧鬧的哦。

Could you stay calm and listen to me first?
汪汪汪

英文單字輕鬆學
一起大聲唸喔！

029-5.mp3

* **angry** [`æŋgrɪ] 形 生氣
* **report card** 片 成績單
* **because of** 片 因為
* **come** [kʌm] 動 來
* **here** [hɪr] 副 在這裡
* **English** [`ɪŋglɪʃ] 名 英文
* **do my best** 片 盡我所能
* **grade** [gred] 名 成績
* **score** [skor] 名 分數
* **mark** [mɑrk] 名 成績；分數
* **try** [traɪ] 動 嘗試
* **already** [ɔl`rɛdɪ] 副 已經

跟爸媽講道理

You didn’t tell me.

你又沒告訴我。

超神奇金字塔學習法！單字變句子

Why can't I do that?
都來了，到底是要親還是不要親呢？
Stop doing that!

Stop 別

Stop **doing** 別做

Stop **doing that!** 別再那樣做！

You didn't tell me,
那我要怎麼叫妳
媽媽、
媽媽…
Stop saying that!

Why 為什麼

Why can’t I 我為什麼不能

Why can’t I **do that?** 我為什麼不能那樣做？

Stop 別再

Stop **saying** 別再說

Stop **saying that!** 別再那樣說！

You 你

You didn’t 你沒有

You didn’t **tell me.** 你又沒有告訴我。

030-3.mp3

030-4.mp3

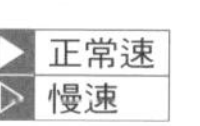

▶ 正常速 ▷ 慢速

英文對話親體驗

讓我們用主要的英文句子來交朋友吧！

Peter, stop doing that!
彼得，不要那樣！

Oh, Mom, why can't I?（= why can't I do that）
哦，媽，為什麼我不可以？

Dear, it's not polite to pick your nose in public.（片語，意思是「挖鼻孔」）
親愛的彼得，在公眾場所挖鼻孔是不禮貌的行為。

Oh, my Gosh! I picked it in the classroom today.（pick 的過去式）
哦，天啊，我今天在教室裡面挖鼻孔。

And, don't say "Oh, My Gosh!" again.
而且，不要再說「哦，天啊」。

Sorry, Mom. But you didn't tell me.
抱歉，媽，可是妳又沒有告訴我。

I'm telling you now.（= I am）
我現在就告訴你了呀。

Oh!
My Gosh.

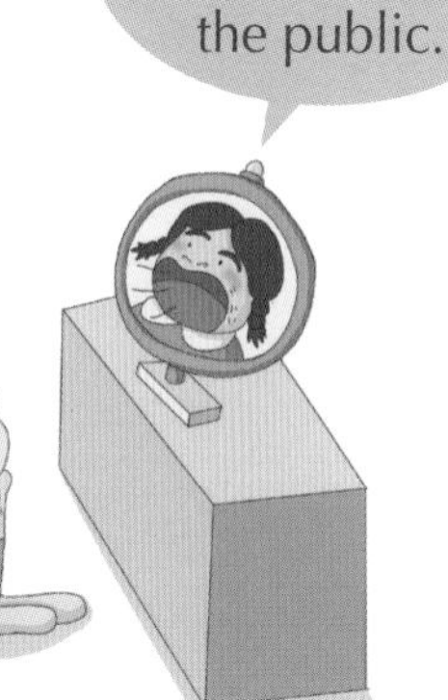
It's not polite to pick your nose in the public.

Okay, I got it.
好，我懂了。

同樣的話也可以換個方式說喔！

★Stop doing that! 別那樣做！

Don’t do that! 不要那樣做！
Not that again! 別再那樣！

stop 是停止，that 是指「某人在做的事情」，希望別人停止做某件事，可以說 stop doing that，後面用「動詞-ing」的形式，例如，Stop playing with the knife.（停止玩那把刀）。again 是「再次」的意思，希望別人「不要再這樣」，可以說 Don’t do that again. 或 Not that again.。

★Why can’t I? 為什麼我不可以？

Why? 為什麼？
Tell me why I can’t. 告訴我為什麼不行。

「Why can’t I?」的意思就是「為什麼我不能那樣做」，直接用單一個「Why」也足以表達意思。這個句子也可以換成「Why can’t she/he/you」。Why can’t...是指「為什麼不能…」。例如，有時候爸比、媽咪會說 Why can’t you sit still?（你為什麼不能乖乖地坐好？）。tell 是「告訴」的意思。就是因為不明白為什麼不准，所以才要請對方「告訴」我。

★Sorry. 抱歉。

My fault. 我的錯。
I’m wrong. 我錯了。

認錯是一件很嚴肅的事，不過有時候是無傷大雅的小意外，我們可以有比較俏皮的道歉方式，例如直接就說「My fault.」、「I’m wrong.」，當然也可以跟 Sorry 連用，說成「Sorry, my fault.」（抱歉，我的錯）。

會話加UP！UP！ 使會話更加豐富的一句話！

Let's talk. 我們來聊聊吧。

只要是人都需要溝通 (talk)、交流 (communicate)，爸爸媽媽需要跟小朋友溝通，老師需要跟學生溝通，同樣地，小朋友也需要跟這些大人們 talk；想要跟大人們聊一聊的時候，可以說 Dad, can we talk?（爸比，可以聊一聊嗎？），Mom, I want to talk.（媽咪，我想聊一聊），Teacher, I want to talk to you.（老師，我想跟你聊一聊）。

英文單字輕鬆學 一起大聲唸喔！

030-5.mp3

* **stop** [stɑp] 動 停止
* **why** [hwaɪ] 副 連 為什麼
* **polite** [pə`laɪt] 形 禮貌的
* **pick** [pɪk] 動 用手指挖；挑選
* **nose** [noz] 名 鼻子
* **public** [`pʌblɪk] 名 公眾
* **classroom** [`klæsˏrʊm] 名 教室
* **tell** [tɛl] 動 告訴
* **fault** [fɔlt] 名 錯誤
* **wrong** [rɔŋ] 形 錯的
* **talk** [tɔk] 動 說話，談天

Let's Talk! 長篇對話 10

用前面幾課的內容，一起快樂的用英文對話吧！

030-6.mp3

030-7.mp3

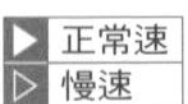

Jenny! Why are you so late getting home. It's already 8 o'clock!
珍妮，妳怎麼那麼晚才回來，都已經 8 點了。

Why are you so mad, Dad?
爸，你為什麼那麼生氣呢？

You should have gotten home at 6. Where have you been?
妳應該 6 點就要到家了，妳去哪了？

gotten：get 的過去分詞

Could you stay calm and listen to me first?
你能保持冷靜先聽我說嗎？

OK! Let's talk.
好！我們來聊聊。

Linda and I were walking home together, and Linda discovered her key was lost.
琳達跟我一起走路回家的時候，琳達發現她的鑰匙不見了。

lost：lose 的過去分詞，具有形容詞功能，表示「遺失的」

discovered：discovered「發現」的意思，字尾加 ed 表示過去式

And then?
然後呢？

We were searching all the way and discovered her key was left in the Day Care Center.
我們找了整條路，然後發現她的鑰匙留在安親班裡。

left：leave 的過去分詞，在此是「被遺留」的意思

all the way：all the way 有「一路上」、「一直」的意思

= call

You are nice for helping your classmate, but why didn't you phone us first?
妳幫同學是很好，但是為什麼不先打電話給我們呢？

片語，「打電話」的意思

Sorry. I was too focused on searching for the key so I totally forgot to make a phone call first.
抱歉。我太專心找鑰匙了，所以我完全忘了先打電話。

Mmm... I see, but please don't do that again.
嗯…我瞭解了。但請別再那樣做了。

All right, I got it.
好，我懂了。

You should have got home at 11. Where have you been?

Unit
31

主動幫忙做家事

英
031-1.mp3

英+中
031-2.mp3

I will give you a hand.

我來幫你忙。

跟我一起這樣唸

超神奇金字塔學習法！單字變句子

help 幫忙

need help 需要幫忙

Do you need help? 你需要幫忙嗎？

Do you need help?

I need your help.
English

Yes 是的

Yes, I do. 是的，我需要。

I need your help. 我需要你的幫忙。

help 幫忙

your help 你的幫忙

I need your help. 我需要你的幫忙。

Sure 好的

Sure, I will. 好的，我來。

I will give you a hand. 我來幫你忙。

I will give you a hand.
快救我！
我已經盡力在救了。

031-3.mp3

031-4.mp3

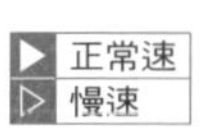
正常速
慢速

英文對話親體驗

讓我們用主要的英文句子來交朋友吧！

表示「多久之後」，介系詞用 in

Kids, we are having dinner in a few minutes.
小朋友，我們幾分鐘後就要吃晚餐了。
★「用三餐」的動詞除了可以用 eat 之外，have 也很常用。

Good, I'm hungry. Mom, do you need help?
太好了，我餓了。媽咪，妳需要幫忙嗎？

請別人幫你遞東西時，可以用動詞 pass 唷

My girl, yes, I do. Could you help me to pass those plates?
好的，孩子，我需要妳的幫忙。可以幫我把那些盤子遞過來嗎？

片語，意思是給予協助、幫助

No problem. I will give you a hand.
沒問題，我來幫妳。

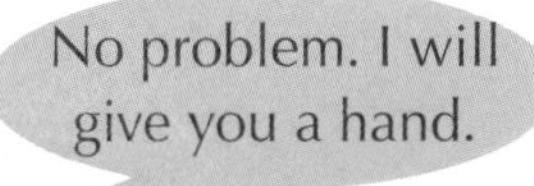
No problem. I will give you a hand.

Could you help me to pass those plates of cheese to me?
笨老鼠。

同樣的話也可以換個方式說喔！

★I will give you a hand. 我來幫你忙。

I will offer you a hand. **我來幫你忙。**
I will help you. **我來幫你忙。**

give 跟 offer 都有「給予」的意思，這裡的 hand 不是指「手」哦，而是「幫助」的意思，所以 give/offer someone a hand 是指「給某人幫助」。

★in a few minutes 幾分鐘後

in a few days **幾天後**
in a few weeks **幾個禮拜後**

in 後面加上一段時間，例如 two hours 兩小時、three days 三天、one month 一個月、five years 五年。「in＋時間」的意思是，在這段時間之後會完成某件事。譬如說，I will finish my homework in an hour.（我在一小時之後會寫完作業。）

★Could you help me to pass those plates? 可以幫我把那些盤子遞過來嗎？

Would you mind helping me pass those plates?
你介意幫我把那些盤子遞過來嗎？
Please pass those plates to me, thank you.
請把那些盤子遞過來給我，謝謝。

小朋友，在家裡一定常聽到爸爸媽媽說「請幫我把碗盤拿給我」，在學校，也會常聽老師說「請幫我把課本拿過來」，對吧？以上三句話都是「請別人幫你拿／遞東西過來」的表達方式。只是在禮貌程度上，用 would you 會比用 could you 來得客氣、禮貌。mind 是「介意」的意思，後面的動詞都要接 -ing 唷。所以小朋友可以學學「Would you mind」這個句型，會讓老師、爸媽覺得你很懂事唷。

會話力UP！UP！ 使會話更加豐富的一句話！

Help! 救命呀！

遇到緊急或危險的狀況時，小朋友可以大喊 HELP! 當然 help me 也是行得通的用法。另外在電影裡常看到一種情況，在人煙極少的地方，主角被攻擊受重傷，周遭沒有人可以求救，主角還是本能地大哭喊 Is someone there ? Could somebody help?（有人在嗎？有沒有人可以救我？），小朋友也許也聽過 Could / Would you do me a favor?（可以幫我忙嗎？），這也是一種很好的問法，如果你的朋友問你 Could you do me a favor? 你可以怎麼回答：

★阿沙力的答應	★禮貌的說不	★調皮的先說不
Yes.	I want to, but I can't.	No, I can't.

一起大聲唸喔！

031-5.mp3

* **sure** [ʃʊr] 副 當然
* **certainly** [ˋsɝtənlɪ] 副 當然
* **No problem.** 沒問題。
* **I want to, but I...** 我想幫忙，但…（其實願意幫忙）。
* **Of course.** 當然可以。
* **I'm sorry I can't.** 很抱歉我沒辦法。
* **Not again.**（不會吧）又來了。
* **Why not?** 為什麼不行？
* **Not a chance.** 門都沒有。

Unit
32

越幫越忙跟爸媽道歉

英
032-1.mp3

英＋中
032-2.mp3

I’m sorry about that.

那件事我很抱歉。

跟我一起這樣唸　超神奇金字塔學習法！單字變句子

Oops! 啊！

I’m sorry 我很抱歉

I’m sorry **about that.** 那件事情我很抱歉。

I'm sorry about that.
不小心踢到你了。
That is fine. Next time be careful.

都是你害我被罰半蹲。要畫也是畫100才對呀。

fine 好的

is fine 好的

That is fine. 沒有關係。

sorry 抱歉

I'm sorry. 我很抱歉。

I’m really sorry. 我真的很抱歉。

careful 小心

be careful 小心點

Next time be careful. 下次小心點。

Andy，暫時沒收你的遙控汽車唷！

032-3.mp3

▷+中→▶

032-4.mp3

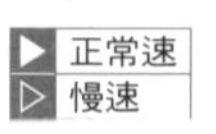

▶ 正常速
▷ 慢速

英文對話親體驗

讓我們用主要的英文句子來交朋友吧！

(Dad is cleaning the aquarium. 爸爸在清洗魚缸。)

功課做完，可以用此句型來表達

Dad, my homework is done. Do you need any help?
爸比，我寫完作業了，你需要幫忙嗎？

Sure, thank you.
Could you fill this with water?
好啊，謝謝。
你可以把這裝滿水嗎？

Could you fill this with water?
我很渴。

No problem.

OK, that's easy.
好的，那很簡單。

動詞過去式，「滑行、滑跤」的意思

動詞過去式，「跌倒」的意思

(Peter slipped and fell. 彼得滑倒。)

Ouch, Peter. You should be careful.
噢，彼得，你應該要小心點。
★感覺很痛，或是看到別人受傷似乎很痛的樣子，外國人都會有「Ouch」這樣的發語詞。

I'm sorry about that, Dad.
爸比，對不起。

同樣的話也可以換個方式說喔！

★My homework is done. 我作業做完了。

My homework is finished. 我作業完成了。
I finished my homework. 我寫完作業了。

done 跟 finished 在一、二句是形容詞，都有「完成（某事）」的意思。例如，My report is done. / I am done with my report.（我做完報告了）。不過 done 也可以這樣用哦：Oh, I'm done!（啊，我完蛋了！）。第三句的 finished 是 finsih（完成）的過去式，表示「已完成」。

★Fill this with... 以…填滿、裝滿這個（東西）

Load this with...
以…裝載、裝滿這個（東西）

fill 和 load 都有「填滿、裝滿」的意思，fill/load (it/this/that) with…指的都是「以…填滿、裝滿」，例如，I fill the sink with cold water.（我把水槽裝滿冷水），She is loading this bag with sand.（她在袋子裡裝滿沙子）。而 load 另外有「裝載」的意思，例如 Workers are loading the truck with boxes.（工人把箱子都搬到卡車上）。

★That's easy. 那簡單。

That's a piece of cake. 那易如反掌。
That's no sweat. 那不費吹灰之力。

要表達某件事很容易做、輕而易舉有很多方法，上面提到的三種是很常用的方式，小朋友也可以說 That's nothing to me.（那對我來說沒什麼）。不過要注意說話的語氣，不要太過囂張喔！

會話力UP！UP！ 使會話更加豐富的一句話！

No need to say sorry. 不要再說對不起了。

sorry, sorry, sorry，除了 sorry 還可以怎麼說呢？我們可以用 apologize 以表歉意，例如，I apologize for my mistake.（我為我的失誤道歉）。而 No need to say sorry 就等同於 That's fine.（沒關係）的意思，當有人一直說「對不起」時，我們就可以回這一句。其實 sorry 在不同的情況，意思會有所差別，小朋友請看以下例子：

★自己做錯事的時候，表達歉意，要說 I'm sorry.。

★別人告訴你壞消息或你聽到不好的消息時，表達關心、同情要說 I'm sorry to hear that.（很難過聽到這消息）。

★別人告訴你他／她不好的經驗或遭遇，表達同情、遺憾時要說 I'm sorry for you. 或 I feel sorry for you.（為你感到難過）。

英文單字輕鬆學 一起大聲唸喔！

032-5.mp3

- ＊ **oops** [ups] 語 糟糕（不小心犯錯的發語詞）
- ＊ **careful** [ˋkɛrfəl] 形 小心的
- ＊ **clean** [klin] 動 清理
- ＊ **aquarium** [əˋkwɛrɪəm] 名 水族箱
- ＊ **fill** [fɪl] 動 裝滿
- ＊ **need** [nid] 動 需要
- ＊ **spill the water** 把水弄翻
- ＊ **break something** 把東西弄破
- ＊ **behave badly** 不乖（態度不佳）
- ＊ **dirty your clothes** 把衣服弄髒
- ＊ **lose something** 把東西弄丟

Unit
33

回應爸媽的讚美

英
033-1.mp3

英＋中
033-2.mp3

It’s my pleasure.
我很樂意。

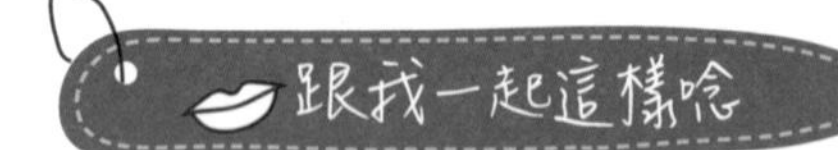

跟我一起這樣唸

超神奇金字塔學習法！單字變句子

Thanks 謝謝

Thanks for 謝謝

Thanks for **your help.** 謝謝你的幫忙。

為什麼
是我？
Thanks for
your great
help.

真正的鞋子
在我這。
給我穿!!

Welcome. 不客氣。

my pleasure 我很樂意

It's my pleasure. 我很樂意。

Thanks 謝謝

Thanks for 謝謝

Thanks for **your great help.** 謝謝你的大力幫忙。

看來我們真的
失業了。

Welcome. 不客氣。

my pleasure 我很樂意

It's my pleasure. 我很樂意。

033-3.mp3

033-4.mp3
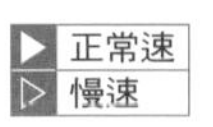
正常速
慢速

英文對話親體驗
讓我們用主要的英文句子來交朋友吧！

Is that enough?

再來，再來

Mom, the plates are ready.
媽咪，盤子都準備好了。

謝謝別人某一件事，記得要用介系詞 for 唷

Thank you for your help, Jenny.
謝謝妳的幫忙，珍妮。

名詞，意思是「愉快、樂趣」

No problem. It's my pleasure.
不客氣，我很樂意幫忙。

「指向」，記得要用介系詞 to

Dad, is that enough? (point to the pail filled with water)
爸比，水這樣夠嗎？（指著裝滿水的水桶）

★(be) filled with 片語，表示「裝滿～」，filled 前面被修飾的就是被裝的容器，with 後面接的就是裝滿的內容物。

Good job, thanks for your help, Peter.
很好，彼得，謝謝你的幫忙。

= It is

It's my pleasure.
我很樂意幫忙。

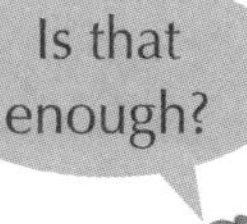

同樣的話也可以換個方式說喔！

★be 動詞 + ready for... 準備好了…

be 動詞 + set for... 準備好了…

ready 和 set 都有「準備好了」的意思。表達自己準備好了，可以說 I am ready。說某樣事情或東西準備好，用法是一樣的，例如，The birthday cake is ready.（生日蛋糕已經準備好）。問別人準備好了沒，可以說 Are you ready?。至於要表達哪一件事已經準備好了，介系詞要用 for，例如 I am ready/set for the test.（我已經為測驗做好準備了）。所以，小朋友，are you ready/set for more English?

★Is that enough? 那樣夠嗎？

Is that ok? 那樣行嗎？
Is that good? 那樣好嗎？

問別人「這樣行不行、好不好、可不可以」，其實不一定需要用到 can。用簡單的「Is that + 形容詞」結構，就能說出你想要說的問題。而 that 指的就是那個「行不行、可不可以」的事物，所以你可以問 Is that okay?（那樣可以嗎？）、Is that correct?（那樣對嗎？）、Is that bad?（那樣很糟／差嗎？）。

★Good job! 做得好！

Well done! 做得好！
Excellent! 很棒！

job 原本是「工作」的意思，讚美一個人把工作做得很好，也就等同於在說他把事情做得很好。well done，片語，也同樣是在說某件事做得很好，well done 的 done 就是 do（做）的過去分詞。而 excellent 則是形容詞，意思是「優秀的」。

會話力UP！UP！ 使會話更加豐富的一句話！

Way to go! 太棒了！

每個人都喜歡聽到別人的讚美，稱讚是一件很美的事，也是一種很神奇的力量，它可以幫助夢想成真，甚至挽救性命。小朋友，不要吝嗇讚美別人，You feel happy when you say something good to someone.。下次遇到同學或朋友做了好事或很棒的事，記得舉起大拇指說 Way to go!

其他與 Way to go 意思相同的說法：

★I love it. 我喜歡你這樣做。
★I'm amazed. 我很佩服。
★Well done. 做得好。
★You are great. 你很棒。
★You are nice. 你很棒。
★Amazing. 令人佩服。
★You are a genius. 你是天才。
★Great job. 做得好。

一起大聲唸喔！

033-5.mp3

* **pleasure** [ˋplɛʒɚ] 名 愉快、樂趣
* **welcome** [ˋwɛlkəm] 動 歡迎
* **plate** [plet] 名 盤子
* **ready** [ˋrɛdɪ] 形 準備好的
* **enough** [ɪˋnʌf] 形 足夠的
* **point** [pɔɪnt] 動 指向
* **pail** [pel] 名 桶子
* **fill** [fɪl] 動 裝
* **excellent** [ˋɛksḷənt] 形 優秀的

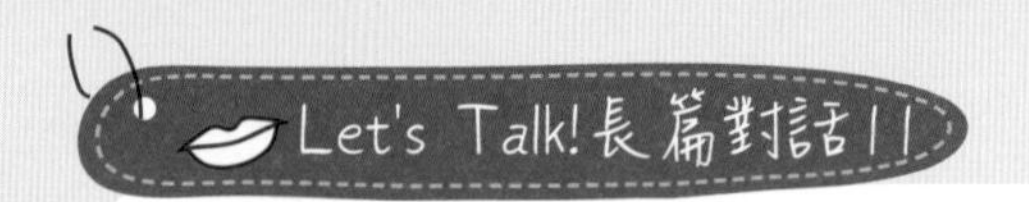

Let's Talk! 長篇對話11

用前面幾課的內容，一起快樂的用英文對話吧!

Kids, we are having dinner in a few minutes.
小朋友，我們幾分鐘後就要吃晚餐了。

Good, I'm hungry. Mom, do you need help?
太好了，我餓了。媽咪，妳需要幫忙嗎？

Yes, I do. Will you help me to pass those plates?
好，我需要妳的幫忙。可以幫我把那些盤子遞過來嗎？

No problem. I will give you a hand.
沒問題，我來幫妳。

Thank you for your help, Jenny.
謝謝妳的幫忙，珍妮。

No problem. It's my pleasure.
不客氣，我很樂意幫忙。

(Dad is cleaning the aquarium. 爸爸在清洗魚缸。)

Dad, my homework is done. Do you need any help?
爸比，我寫完作業了，你需要幫忙嗎？

Sure, thank you. Could you fill this with water?
好啊，謝謝。你可以把這裝滿水嗎？

OK, that's easy.
好的，那很簡單。

(Peter slipped and fell. 彼得滑倒。)

Ouch, Peter. You should be careful.
噢，彼得，你應該要小心點。

I'm sorry about that, Dad. Is that enough?
對不起，爸比。水這樣夠嗎？

Good job, thanks for your help, Peter.
很好，彼得，謝謝你的幫忙。

It's my pleasure.
我很樂意幫忙。

Will you help me to pass those plates?

Unit
34

跟爸媽聊學校生活

英
034-1.mp3

英+中
034-2.mp3

My first class is at eight.

我的第一堂課是八點鐘。

跟我一起這樣唸

超神奇金字塔學習法！單字變句子

What time is your first class?
My first class?

time 時間

What time 幾點

What time is **your first class?** 你的第一堂課是幾點呢？

糟糕！
My first class is at eight.

eight 八

at eight 八點

My first class is at eight. 我的第一堂課是八點。

time 時間

What time 幾點

What time is **your last class?** 你的最後一堂課是幾點呢？

My last class is at three.
今天烹飪課要教「薯」餅的作法。

three 三

at three 三點

My last class is at three. 我的最後一堂課是三點。

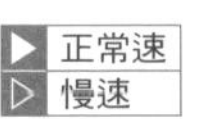

讓我們用主要的英文句子來交朋友吧！

序數，表示「第一的」的意思

Jenny, how was the first day at school?
珍妮，開學第一天怎麼樣呢？

表示「幾年級學生」的名詞是 grader

Great, fourth graders have class very early.
很棒啊，四年級的課都很早。

★除了「第一、第二、第三」等特例，第四以後的序數都是「數字 + th」，像是「第六 sixth」、「第十 tenth」，但「第五」也是特例，為 fifth。

What time is your first class, sweety?
妳的第一堂課是幾點呢，寶貝？

表示「整點」的名詞

Eight o'clock.
早上八點。

= That is

That's really early. You should go to bed early then.
那真的很早，那妳應該要早點睡覺了。

同樣的話也可以換個方式說喔！

★How's school today? 今天上課怎麼樣？

How's school life? **學校生活如何？**
How's life in school? **學校生活如何？**

How's 也就是 How is 的縮寫，以 how 開頭的問句主要是問「如何、怎麼樣」，除了學業、學校生活，也可以問工作或其他事情，小朋友也可以問問每天在外工作的爸媽，How's work today?（今天工作怎麼樣？）。

★I'm a fourth grader. 我是四年級生。

I am in fourth grade. **我念四年級。**

小朋友，想表達你是幾年級，數字一定要用序數唷！像是 first（第一）、second（第二）、third（第三）等等。所以 first grader 是一年級生、second grader 是二年級生、third grader 是二年級生。另外，如果要說「自己目前就讀四年級」，可以說 I am in fourth grade.。

★What time is your first class? 你的第一節課是什麼時候？

What time does your first class begin/start?
你的第一節課什麼時候開始？

begin 跟 start 都有「開始」的意思。表達「什麼時候」、「幾點」的問句可以用 what time（幾點）或 when（什麼時候），但如果特定想要問「星期幾」、「幾月幾號」，就要用 when 或 what day。例如，When does your class start? 你可以回答 Monday.（星期一）或 February first.（二月一號）。

會話加UP！UP！ 使會話更加豐富的一句話！

I have a tight schedule.
我行程很緊湊（我課很多）。

小朋友，升上新的年級之後，也許會發現科目變多，學校的時間變得很緊湊，You have to make good use of your time.（你應該要善用你的時間）。tight 有「緊的、緊湊的」等意思，當然也可以用在 This T-shirt is too tight for me.（這件 T-shirt 對我來說太緊了）。

英文單字輕鬆學 一起大聲唸喔！

034-5.mp3

學校課餘活動

* **bazaar** [bə`zɑr] 名 園遊會
* **debate** [dɪ`bet] 名 辯論
* **assembly** [ə`sɛmblɪ] 名 早會
* **club** [klʌb] 名 社團
* **flea market** 片 跳蚤市場
* **Parents' Day** 片 家長日
* **recitation** [ˌrɛsə`teʃən] 名 朗誦
* **running race** 片 賽跑
* **speech contest** 片 演講比賽
* **Sports Day** 片 運動會
* **drawing competition** 片 畫畫比賽

序數

序數通常用來表示日期或者是第幾順位的意思，例如說幾月幾日的「幾日」就是用序數表示！還有像是「跑第幾名」、「考第幾名」等等的「第幾名」也是序數來表示。序數的意思就是「照順序排下來的號碼」喔！

034-6.mp3

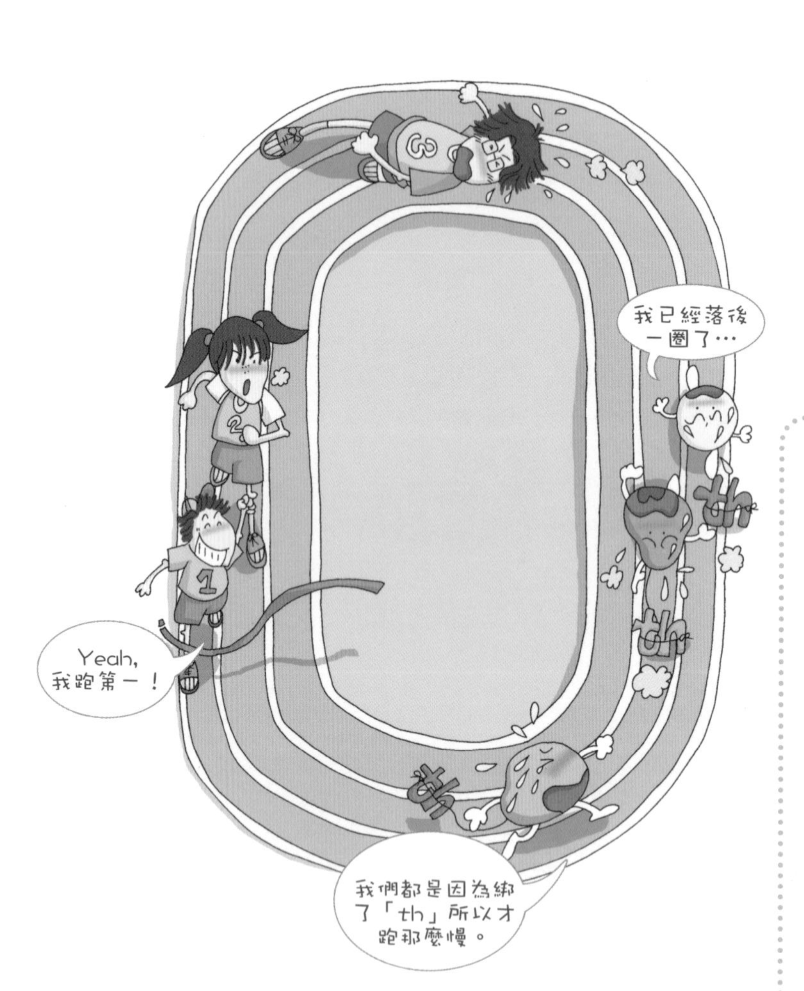

序數這樣說！

第一的	first
第二的	second
第三的	third
第四的	fourth
第五的	fifth
第六的	sixth
第七的	seventh
第八的	eighth
第九的	ninth
第十的	tenth
第十一的	eleventh
第十二的	twelfth
第十三的	thirteenth
第十四的	fourteenth
第十五的	fifteenth

那麼，第二十的（第二十個）該怎麼說呢？是 **twentieth** 喔！

第二十一的（第二十一個） ➡ twenty-first
第二十二的（第二十二個） ➡ twenty-second

當然

第三十的（第三十個） ➡ thirtieth
第四十的（第四十個） ➡ fortieth
第五十的（第五十個） ➡ fiftieth

序數也可以用來表示幾分之幾，那該怎麼使用呢？

因為前面的 three 是複數，所以 fifth 加 s

五分之三 ➡ three fifths
四分之一 ➡ one fourth

因為前面的 one 是單數，所以 fourth 不加 s

十八分之六 ➡ six eighteenths（也就是三分之一）
二十分之四 ➡ four twentieths（也就是五分之一）

我是基數：one, two, three
分子
我是序數：second, third, fourth⋯如果基數是複數，我就要加 s 喔！
分母

Unit
35

跟爸媽聊課外活動

英
035-1.mp3

英＋中
035-2.mp3

I play basketball very often.

我很常打籃球。

跟我一起這樣唸

超神奇金字塔學習法！單字變句子

often 時常

How often 多久

How often do you exercise? 你多久運動一次呢？

怎麼
那麼胖呢？
How often
do you
exercise?

I play
basketball
very often.

often 時常

very often 很常

I play basketball very often. 我很常打籃球。

often 時常

How often 多久

How often do you exercise? 你多久運動一次呢？

I sometimes play
dodgeball.

I 我

I sometimes 我有時候

I sometimes play dodgeball. 我有時候玩躲避球。

讓我們用主要的英文句子來交朋友吧！

= I am

Dad, I'm home.
爸，我回來了。

Welcome home, Peter. How was school today?
歡迎回來，彼得。今天上課怎麼樣呢？

Physical Education 的縮寫，
意思是「體育」

Good. We had P.E. class today.
不錯呀，我們今天有體育課。

用來詢問「多久一次」，記得要用疑問詞 How + often

Well, sounds fun. How often do you exercise at school?
嗯，聽起來很有趣的樣子。你在學校多久做一次運動呢？

= in fact，表示「事實上、其實」的意思

Actually, I play basketball very often.
其實我常常打籃球。

★在表示「玩、打」某球類運動的動詞，固定都用 play，而且「球類運動」前面不加任何像是「the、a/an」的冠詞唷。

同樣的話也可以換個方式說喔！

★I'm home. 我到家了。

I'm back. 我回來了。
(Your name)'s home. （自己的名字）回來了。

I'm home 是相當道地的美式英語。學英文，找機會開口說是很重要的，小朋友下次放學回家，可以大聲地跟家裡的人說 (Your name)'s home!。比如說，你的名字是 Mike，你就可以說「Mike's home.」，妳的名字是 Stacy，你就可以說「Stacy's home.」。

★P.E. 體育課

physical education 體育課
sports class 體育課

在大學以前，學校的科目都已經安排好了，每科都要念，所以如果要說今天上了體育課，可以用 I have a P.E. class today。到了大學，有些科目可以自由選讀，如果要說「我選了英文聽力課」，可以用 I take the English listening class.。

★Sounds fun. 聽起來很好玩。

Sounds interesting.
聽起來很有趣。
Sounds nice.
聽起來很不錯。

sound 是指「聽起來」的意思，是一個感官動詞，後面要接形容詞，例如，(It) sounds like a good idea. 或 The idea sounds good.（聽起來是個好主意）。一般道地的美國人會直接省略 It，直接說「Sounds like a good idea.」。

會話加UP！UP！ 使會話更加豐富的一句話！

Never! 從來沒有、不可能！

never 這個字有否定的意思，只說「never」一個字時更有強調之意，譬如說，別人問你 Have you ever cheated in exams?（你曾在考試中作弊嗎？），你可以說 Never!，或者 Have you tried fried ants?（你有試吃過炸螞蟻嗎？），你也可以說 Never!。

Always + 名詞 一直、總是（某件事物）

小朋友也可以用 always 後面加「名詞」來表達「總是喜歡／做／說某件事」。譬如說別人問你 What do you usually have for dinner?（你的晚餐通常吃什麼？），你可以說 Always fried rice.（都是吃炒飯）；What do you do in your free time?（你空閒的時候都做什麼？），你可以說 Always movies.（都在看電影）。

What do you usually have for dinner?

Always 洋芋片…
咦！？

英文單字輕鬆學 一起大聲唸喔！

035-5.mp3

頻率副詞介紹

* **always** [`ɔlwez] 總是
* **sometimes** [`sʌm͵taɪmz] 有時候
* **seldom** [`sɛldəm] 很少
* **hardly** [`hɑrdlɪ] 幾乎不
* **never** [`nɛvɚ] 絕不、從來沒有
* **once in a while** 偶爾
* **usually** [`juʒʊəlɪ] 通常
* **often** [`ɔfən] 經常

035-6.mp3

Sports and Exercises 運動單字怎麼說

運動真是一件很棒的娛樂呢！小朋友，要常常跟著爸爸媽媽一起去運動，除了可以讓心情很快樂，還可以讓身體很健康喔！

我們平常會做的運動有

詢問別人會什麼樣的運動該怎麼問呢？

What kind of sports do you like? 你喜歡什麼樣的運動？
I like to play ________. 我喜歡打______。

不過，如果是喜歡慢跑、爬山這樣的運動則要用「**go**」喔！
I like to go ________. 我喜歡 ______。

詢問別人會不會某項運動應該怎麼問呢？

Do you play _______? 你打______嗎？
No, I just like to watch. 不，我只喜歡看而已。

說自己是某項運動的迷又該怎麼說呢？
I'm a baseball fan. 我是個棒球迷。

你喜歡看體育台嗎？在歐美國家有許多的運動比賽是台灣沒有的喔！像是摔角、橄欖球等等，都是國外刺激又有趣的運動！透過電視轉播真是看得大快人心呢！

跟爸媽聊自己的感覺

I feel happy.

我感到開心。

超神奇金字塔學習法！單字變句子

Happy Birthday, Sis. How do you feel?

feel 感覺

do you feel 你感覺

How do you feel**?** 你感覺如何？

I feel happy. Thank you.

feel 感覺

I feel 我感覺

I feel **happy.** 我感到開心。

feel 感覺

does she feel 她感覺

How does she feel**?** 她感覺如何？

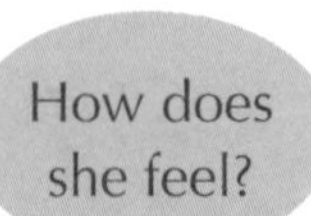

feels 感覺

she feels 她感覺

She feels **great.** 她感覺很棒。

036-3.mp3

▷+中→▶
036-4.mp3

正常速
慢速

英文對話親體驗

讓我們用主要的英文句子來交朋友吧！

= I'm back.

Mom, I'm home.
媽咪，我回來了。

像是「看、聽、聞、嚐」等等的感官動詞，後面都可以接形容詞

Sweety, you look good.
寶貝，妳看起來心情很好。

You look good.
噓，今天在搬家啦，先走囉。
小偷

have（有）的過去式

Yes, I had a great day. I feel happy.
是呀，今天過得很快樂。我很開心。

「感覺」也是一個感官動詞，所以後面可以接形容詞

= It is nice to hear that.

Nice to hear that, kid. You were lucky today, right?
孩子，真替妳開心。今天的運氣很好，對吧？

★在說「You were lucky today」時，句子時態用過去式 were，表示已發生過的事實。

Yes, today was my lucky day.
沒錯，今天我很幸運。

同樣的話也可以換個方式說喔！

★You look happy. 你看起來很開心。

You are all smiles. 你笑容滿面。

look 指的是「看起來」的意思，後面要接形容詞，所以看到有朋友笑容滿面，你就可以立刻說 You look happy.，或者用不一樣的講法，You are all smiles.，好像整個人都是笑容。「look + 形容詞」的句型還可以用在關心別人或者聊八卦上面唷，例如，You look sick.（你看起來像生病了。）；She doesn't look friendly.（她看起來不太友善）。

★I had a great day. 我今天過得很好。

I had a good time. 我玩得很愉快。
I enjoyed my day. 我很享受我的日子；我今天很愉快。

I had a great day. 跟 I enjoyed my day. 有類似的意思。因為都是在講自己以前的經驗，所以要用過去式 had 和 enjoyed。而「I had a good time.」的句子常在一場活動、派對、餐會等派上用場，別人會問 How was the party?（派對怎麼樣？）或 Did you enjoy the party?（你在派對上玩得開心嗎？），這時你可以回答說，Yes/Sure, I had a good/great time.。

★Nice to hear that. 很高興聽到這（事情）。

Good for you. （你）真好／棒；對你有幫助。

聽到別人的好消息，你也替他感到高興時，可以說 It's nice/good/great to hear that.，另外也可以用 Good for you.來表達，意思是「你真好，真替你高興」，例如：

A: I passed the GEPT.（我全民英檢過了。）

B: Wow, good for you!（哇，真棒！）

會話加UP！UP！ 使會話更加豐富的一句話！

It's my day. 我今天真幸運。

要表達「幸運」我們常用 lucky，而表達不幸或倒楣我們則用 unlucky；其實我們也可以說 It’s my day. 來形容那種如中了樂透般的心情；相反地，It’s not my day. 就是形容倒大楣，走衰運的心情。

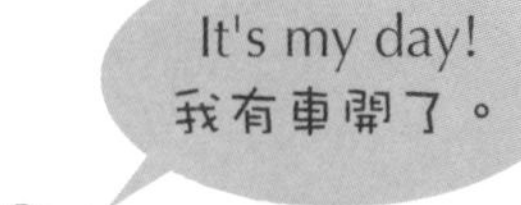

英文單字輕鬆學 一起大聲唸喔！

036-5.mp3

開心的形容詞

* **happy** [ˋhæpɪ] 形 開心的
* **joyful** [ˋdʒɔɪfəl] 形 喜悅的
* **excited** [ˋɪkˏsaɪtɪd] 形 興奮的
* **pleased** [plizd] 形 愉悅的
* **glad** [glæd] 形 高興的

不開心與其他心情的形容詞

* **sad** [sæd] 形 傷心的
* **upset** [ʌpˋsɛt] 形 不開心的
* **angry** [ˋæŋgrɪ] 形 生氣的
* **nervous** [ˋnɝvəs] 形 緊張的
* **tired** [taɪrd] 形 疲憊的
* **worried** [ˋwɝɪd] 形 擔心的
* **scared** [skɛrd] 形 害怕的

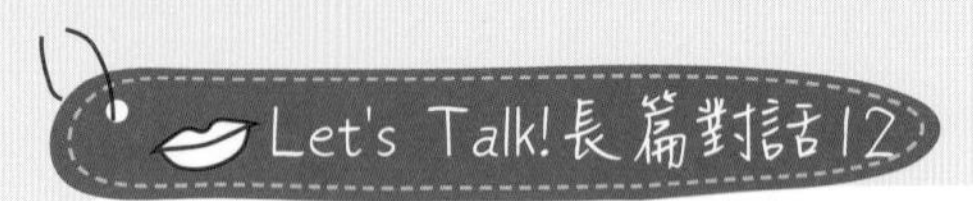

用前面幾課的內容，一起快樂的用英文對話吧！

036-6.mp3

036-7.mp3

(After school 放學後)

Mom and Dad, I 'm home.
媽咪、爸比，我回來了。

Mom and Dad, I'm home.
媽咪、爸比，我回來了。

Welcome home, Peter and Jenny. How was school today?
歡迎回來，彼得、珍妮。今天上課上得怎麼樣呢？

Good. We had P.E. class today.
不錯呀，我們今天有體育課。

Well, sounds fun. How often do you exercise at school?
嗯，聽起來很有趣的樣子。你在學校多久做一次運動呢？

Actually, I play basketball very often.
其實我常常打籃球。

Jenny, you look good.
珍妮，妳看起來心情很好哦。

Yes, I had a great day.
是呀，今天過得很快樂。

Nice to hear that, kid. What time is your first class?
真替妳開心。妳的第一堂課是幾點呢？

Fourth graders have class very early. My first class is at 8 o'clock.
四年級的課都很早。第一堂課是早上八點。

That's really early. You should go to bed early then.
那真的很早，妳應該要早點睡覺了。

How often do you exercise at school?

計畫

We should do the shopping first.
First we can draw a card.
What do you think?

日常生活

Mom's in the kitchen.
Can you bring the salt to me?
I want to join you.

想法分享

What's wrong with you?
I don't think so.
If I were you, I wouldn't say that.

情感表達

Do not do that.
I've been worried about you.
I don't like it.

Chapter 04

和兄弟姊妹
一起快樂說英文

Unit
37

跟姊姊計畫母親節

英
037-1.mp3

英＋中
037-2.mp3

We should do the shopping first.
我們應該先去買東西。

跟我一起這樣唸

超神奇金字塔學習法！單字變句子

should 應該

What should 應該什麼

What should **we do?** 我們應該做什麼？

What should we do?
趕快，我們找膠水把它黏起來！
我們已經黏了好幾個花瓶了。

We should do the shopping.
去買花瓶吧。
舊的不去新的不來。

should 應該

We should 應該什麼

We should **do the shopping first.** 我們應該先去買東西。

should 應該

What should 應該什麼

What should **we do?** 我們應該做什麼？

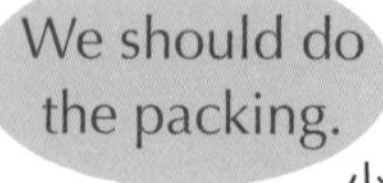
We should do the packing.

小偷

should 應該

We should 應該什麼

We should **do the packing first.** 我們應該先來打包。

037-3.mp3

037-4.mp3
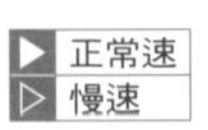
正常速
慢速

英文對話親體驗
讓我們用主要的英文句子來交朋友吧！

所有格，表示「…的」，這裡的意思是「母親的」

Peter, Mother's Day is coming.
彼得，母親節快到了耶。

「日子、星期」前面的介系詞用 on

Right, Sis. What should we do on that day?
對呀，姐，我們那天應該要做什麼呀？

發語詞，就像是中文的「嗯…」、「這個嘛…」

Well, should we make a cake for mom?
這個嘛，我們要不要來做個蛋糕給媽咪呢？

Should we make a cake for mom?
That's a good idea.

= that is

That's a good idea. Then, what should we do first?
好主意。那麼，我們應該要先做什麼呢？

逛街購物的「shopping」當名詞時，要用 do the shopping 來表達；當分詞時，我們可以用 go shopping 來表達

We should do the shopping first. Let's go.
我們應該要先去買東西。走吧。

= let us

同樣的話也可以換個方式說喔！

★...is coming …要來了

...is around the corner …要來臨了

is coming 照字面就可以知道意思，come 的中文意思是「來」，is coming 就是「正要來了」的意思。around the corner 有「在轉角」之意，但英文常用「...is around the corner」來表達某事／某日子即將到來，例如，Christmas is around the corner.（聖誕節快到了）。

★first 第一

at first 首先
first of all 首先

小朋友，還記得之前教過你們序數是什麼嗎？忘記了的話，可以翻到第182頁再複習一下唷！在這裡，first 就是一個序數，表示「第一」的意思，沒有比「第一」再更優先的吧？所以當你要做一件事情前，可以先想一下要「先」做什麼 First/First of all...，「接著」再做什麼 Next/And then/Secondly...，「最後」再做什麼 Finally...。有條有理，大家都會很喜歡你唷！

★That's a good idea. 好主意。

Sounds great. 聽起來很棒。
Sounds like a plan. 聽起來是個好主意。

聰明的你一定知道，當別人提出一個好主意，你想要稱讚對方時可以直接說 Good idea!（好主意）。我們還可以用「Sound + 形容詞」的句型來表達唷！這一句其實是省略了主詞 It，原來的句子應該是 It sounds great.。另外，當別人的一個主意有可能會變成 plan（計畫）時，那就表示，它真的是一個好主意！

使會話更加豐富的一句話！

Happy Mother's Day 母親節快樂

母親節來臨的時候，小朋友想寫卡片給媽咪，是不是都會寫 Happy Mother's Day. I love you, Mom. 呢？其實我們還可以這樣表達對媽咪的愛，例如：

Mom, your smile is as bright as a daisy; your love is as deep as the ocean.

（媽咪，妳的笑容美如天仙，妳的愛如海深。）

英文單字輕鬆學 一起大聲唸喔！

037-5.mp3

* **smile** [smaɪl] 名 動 微笑
* **bright** [braɪt] 形 開朗的、晴朗的
* **daisy** [`dezɪ] 名 雛菊
* **deep** [dip] 形 深的
* **ocean** [`oʃən] 名 海洋
* **do the shopping** 片 逛街購物
* **good idea** 片 好主意
* **make a cake** 片 做蛋糕
* **Mother's Day** 片 母親節
* **packing** [`pækɪŋ] 名 包裝；打包

跟弟弟計畫父親節

英
038-1.mp3

英+中
038-2.mp3

First we can **draw a card.**
首先我們可以**畫張卡片。**

超神奇金字塔學習法！單字變句子

can 可以
What can 可以什麼
What can **we do?** 我們可以做什麼？

What can we do first?
要先買什麼呢？

We can draw a card first.
沒錢了怎麼買東西呢？

can 可以
we can 我們可以
First we can **draw a card.** 首先我們可以畫一張卡片。

看來我也可以來畫一張一張的鈔票！！

can 可以
What can 可以什麼
What can **we do?** 我們可以做什麼？

小偷

can 可以
we can 我們可以
First we can **draw a card.** 首先我們可以畫一張卡片。

038-3.mp3

038-4.mp3

讓我們用主要的英文句子來交朋友吧！

Sis, next Saturday is Father's Day. What should we do to celebrate?

姐，下星期六是父親節，我們應該要做什麼來慶祝呢？

★在星期前面加上 next 表示「下一週」，在前面加上 last 表示「上一週」，若加上 this 則表示「這一週」。

First we can draw a card.

首先，我們可以畫一張卡片。

First = first of all，表示「首先」的意思

I think so, too. Dad will love it.

我也是這麼想，爸爸一定會喜歡。

What else can we do?

我們還可以做什麼呢？

★當你想要表達「還有呢」、「還可以怎麼樣呢」，記得要在 what 後面加上一個 else。

I think I will draw a picture for Dad.

我在想，我可以畫一幅畫給爸比呀。

let's = let us，表示邀約大家一起做某事

Cool, let's do it!

酷唷，我們就這樣做吧！

同樣的話也可以換個方式說喔！

★celebrate 慶祝

toast 慶祝、乾杯

小朋友！有什麼節日是我們可以慶祝的呢？We can celebrate（我們可以慶祝）birthday 生日，Chinese New Year 農曆新年，Christmas 聖誕節，Valentine's Day 情人節，graduation 畢業。另一種表達「慶祝」的英文是 toast。小朋友有看過一群人在吃飯的時候，突然拿起杯子說「乾杯」，對吧？相信這一定是在慶祝什麼事情才會這麼開心。所以 toast 也有「慶祝」的意思，例如我們可以說：

Let's toast his success with Coke.（我們來用可口可樂來慶祝他的成功）。

★Draw a card first. 先畫一張卡片。

First of all, make a card. 首先，做一張卡片。

first 有「第一」的意思，但這裡是指「先」、「首先」的意思。First of all 是個比較正式的用法，就像是在寫作文一樣有條理，首先 (First of all) 先講什麼，第二點 (Secondly) 再講什麼，最後 (Finally) 再講什麼。當然請別人先做某事，可以簡單地說 Please do this first. 就可以了。

★What else? 還有其他什麼嗎？

Anything else? 還有其他什麼嗎？

小朋友，可以把這個簡單的句子記起來，好記又實用。如果常看國外的電影或影集，這句話很常聽到。else 的意思是「另外、其他」，所以當有人在對話時突然說 What else?，就表示他們可能在討論什麼事情，比如說：

A: We can draw some flowers and butterflies here.
（我們可以在這裡畫一些花和蝴蝶）

B: What else?（還有其他什麼嗎？）

會話加UP!UP!

會話加UP!UP! 使會話更加豐富的一句話！

Happy Father's Day 父親節快樂

父親節要到了，Father's Day is around the corner.，小朋友想寫卡片給爸比，可以這樣寫哦。

★Dad, you are a man of few words, but of great wisdom.
爸比，你沉默寡言，卻很有智慧。

★Dad, you are an "ace." 爸比，你超棒。

★The seasons may change, but you remain the greatest Dad.
不管歲月怎樣改變，你一直都是最偉大的爸比。

★Dad never grows old; he just watches us grow old.
爸爸不會變老；爸爸只是看著我們長大。

Happy Father's Day.

英文單字輕鬆學 一起大聲唸喔！

038-5.mp3

* **draw** [drɔ] 動 畫畫
* **card** [kɑrd] 名 卡片
* **first** [fɝst] 片 首先
* **make** [mek] 動 做
* **sis** [sɪs] 名（口語）姊姊
* **next** [ˋnɛkst] 形 副 下一個的；接著
* **day** [de] 名 日子
* **celebrate** [ˋsɛləˏbret] 動 慶祝
* **else** [ɛls] 副 其他；另外
* **picture** [ˋpɪktʃɚ] 名 圖片
* **wisdom** [ˋwɪzdəm] 名 智慧
* **ace** [es] 名（口語）能手、佼佼者
* **season** [ˋsizn̩] 名 季節
* **remain** [rɪˋmen] 動 保持、剩下
* **grow** [gro] 動 成長
* **think** [θɪŋk] 動 想

詢問姊姊的意見

What do you think?

你覺得怎麼樣呢？

超神奇金字塔學習法！單字變句子

think 覺得

do you think 你覺得

What do you think**?** 你覺得怎樣呢？

think 覺得

I think 我覺得

I think **it's great.** 我覺得很棒。

怎麼一直打噴嚏，肯定是有人在說我壞話。
Peter的爸爸

think 覺得

does she think 她覺得

What does she think**?** 她覺得怎樣呢？

think 覺得

She thinks 她覺得

She thinks **it's awful.** 她覺得很糟。

039-3.mp3

039-4.mp3

正常速
慢速

英文對話課體驗

讓我們用主要的英文句子來交朋友吧！

= come and take a look，把 and 省略了

Sis, come take a look. (Holding a picture drawn by Peter)
姐，來看一下。（彼得拿著自己畫的畫）
★「be動詞 + 過去分詞 + by」是被動式的表現方式，drawn 是 draw（畫畫）的過去分詞。

= I am

Wow, it is nice. I'm sure Dad will like it.
哇，真好看，我肯定爸比會很喜歡。

表示 the picture（那幅畫）

What color should I use? Blue? What do you think?
我應該用什麼顏色呢？藍色嗎？妳覺得呢？

「或者」的意思

Blue is good. Or you can try brown.
藍色不錯，或者你可以試試看棕色。

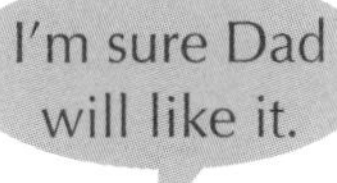

我要跟爸爸說我抽中汽車了。

I'm sure Dad will like it.

Thanks for your idea.
謝謝囉。

同樣的話也可以換個方式說喔！

★Come take a look. 來看一下。

Come and take a look. **來看一下。**
Come and have a look. **來看一下。**

a look 在這裡是名詞，前面可以用動詞 take 或 have 來表達「看一下」。Come take a look 其實省略了一個 and，不過外國人還是習慣直接說 Come take a look.。另外，如果看到有趣或可怕的事，可以直接簡短地說 Look!，叫身旁的人來看一下。

★I'm sure. 我確定。

I'm positive. **我確定。**
I'm certain. **我確信。**

「我很確定」就是 I'm very sure.，「我十分確定」就是 I'm definitely sure.，而「我不確定」就是 I'm not sure.。除了 sure 之外，我們還可以用 positive 跟 certain 這兩個形容詞，都可以表示「確定、確信」的意思。

★What do you think? 你認為／覺得呢？

What do you suggest? **你有什麼建議呢？**
What do you say? **你覺得呢？**

突然有個想法跟朋友分享了之後，一定希望他／她給予回應，對吧。這時，你可以說 What do you think?，也可以說 What do you suggest?，或者 What do you say? 來等待對方的想法。不過，每個人的想法都不會一樣，也許你會得到 I don't think so.（我不這麼認為）、I think it would be better if...（我想…會更好）、Sounds like a plan.（聽起來是可行的）等等想法唷。

會話加UP！UP！ 使會話更加豐富的一句話！

I need your advice. 我需要你的建議。

小朋友有問題的時候，都會請教爸爸媽媽、老師甚至是同學朋友，這時我們要謙虛的說 I need your advice. 或者用問句 Can you give me any suggestion? / Do you have any suggestion? 獲得別人的建議後，當然要道謝，我們可以說 Thank you for your advice / Thanks for your suggestion.。

我來穿一下短裙好了。
I need your advice.

英文單字輕鬆學 一起大聲唸喔！

039-5.mp3

* advice [ˋədvaɪs] 名 忠告、建議

* blue [blu] 名 形 藍色；藍色的

* brown [braʊn] 名 形 棕色；棕色的
* try [traɪ] 動 試試看
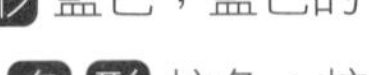
* color [ˋkʌlɚ] 名 顏色
* hold [hold] 動 握、抓
* picture [ˋpɪktʃɚ] 名 圖片
* awful [ˋɔfʊl] 形 可怕的；不舒服的
* great [gret] 形 極好的；偉大的
* use [juz] 動 使用 [jus] 名 使用

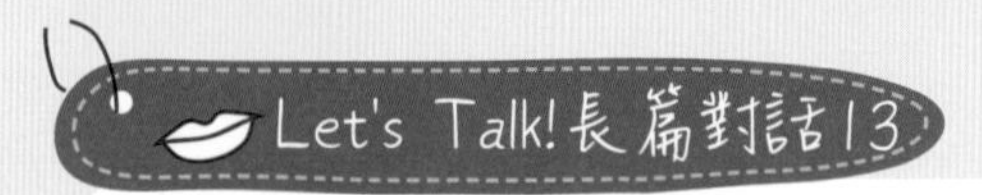

用前面幾課的內容，一起快樂的用英文對話吧!

039-6.mp3

039-7.mp3

(Mother's Day is coming. 母親節要到了。)

Peter, Mother's Day is coming. Should we make a cake for mom?
彼得，母親節快到了。我們是不是要來做個蛋糕給媽咪呢？

That's a good idea. Then, what should we do first?
好主意。那我們要先做什麼呢？

We should do the shopping first. Let's go.
我們應該要先去買東西。走吧。

(Father's Day is coming. 父親節要到了。)

Sis, next Saturday is Father's Day. What should we do to celebrate?
姐，下星期六是父親節，我們應該要做什麼來慶祝呢？

First we can make a card.
我們可以先寫一張卡片。

I think so, too. Dad will love it. I thinking I will draw a picture for Dad.
我也是這樣想，爸比一定會很喜歡。我在想，我可以畫一幅畫給爸比。

Cool. Let's do it!
酷哦，我們就這樣做吧！

(A few minutes later... 幾分鐘之後⋯)

Sis, come take a look. What color should I use? Blue? What do you think?
姐，來看一下。我應該用什麼顏色呢？藍色嗎？妳覺得呢？

Wow, it is nice. Blue is good. Or you can try brown. I'm sure Dad will like it.
哇，真好看。藍色不錯，或者你可以試試看棕色。我肯定爸比會很喜歡。

Thanks for your idea.
謝謝囉。

Unit
40

回答爸爸媽媽在哪裡

英
040-1.mp3

英＋中
040-2.mp3

Mom's in the kitchen.

媽媽在廚房。

跟我一起這樣唸

超神奇金字塔學習法！單字變句子

Where is Mom?
Where is Dad?

Where 哪裡

Where is 在哪裡

Where is **Mom?** 媽媽在哪裡？

Mom's in the kitchen.

kitchen 廚房

in the **kitchen** 在廚房

Mom's in the **kitchen.** 媽媽在廚房。

今天想吃什麼呢？
來燉狼肉排骨湯好了

Where 哪裡

Where is 在哪裡

Where is **Dad?** 爸爸在哪裡？

study 書房

in the **study** 在書房

Dad's in the **study.** 爸爸在書房。

040-3.mp3

040-4.mp3

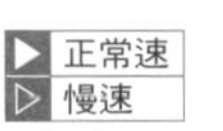

讓我們用主要的英文句子來交朋友吧！

可以幫我撿一下嗎？
衣
Ok, I will give you a hand.

= sister，「姊姊」的口語表現方式

Good morning, Sis.
早安，姐。

Good morning, Peter.
早安，彼得。

Where is Mom? I need her help.
媽咪在哪？我需要她來幫我一個忙。

Mom is 的縮寫，Mom is cooking 表示「媽媽正在煮菜」

Mom's cooking in the kitchen. I will give you a hand.
媽咪在廚房煮東西。我來幫你。

★be＋動詞 ing，表示「正在…」的現在進行式。

片語，表示「幫忙」

Thanks, Sis.
姐，謝囉。

同樣的話也可以換個方式說喔！

★I will help you. 我來幫你。

I will give you a hand. **我來幫你忙。**
I will do you a favor. **我來幫你忙。**

help 是「幫忙」的意思。這裡的 hand 也是「幫助」的意思，不是指「手」哦！所以 give/offer someone a hand 就是「給某人幫助」的意思。favor 表示「善意的行為、恩惠」的意思，所以 do someone a favor 也就是「幫某人一個大忙」的意思。這三個句子都相當實用，也會讓外國朋友覺得很窩心唷！

★I need your help. 我需要你的幫忙。

Could I ask you a favor? **可以請你幫個忙嗎？**
Could you do me a favor? **你可以幫我一個忙嗎？**

以上這三句在這邊主要是表達「需要幫忙」、「需要請別人幫個忙」，與我們前面剛剛學的句子有相對的關係。只不過，「I need your help.」要用在比較熟的熟人之間，因為這一句是很直接的表達方式。後面兩句以「Could I...」或「Could you...」開頭，都是比較禮貌的用法。

★Mom's cooking in the kitchen. 媽媽正在廚房煮東西。

Mom's preparing breakfast/lunch/dinner in the kitchen.
媽媽正在廚房準備早／中／晚餐。

首先來注意一下，Mom's cooking = Mom is cooking，美國人在對話中時常用縮寫。cook 這個動詞後面不加任何受詞時，意思就是「做菜」、「烹飪」的意思，所以就是「準備早／中／晚餐」的意思。cook 後面也可以接你要煮的「食物」，比如說 cook the fish（煮魚），cook pasta（煮義大利麵）或者 cook noodles（煮麵），很簡單吧！。

會話加UP！UP！ 使會話更加豐富的一句話！

She’s not here! 她不在！

如果想問「爸爸／媽媽在家嗎？」，我們可以說 Is mom/dad here?、Is mom/dad home? 假如媽媽／爸爸不在，就可以說 She’s not here./She’s not (at) home.。另外，小朋友哪天回到家，發現家裡靜悄悄的，似乎一個人都沒有，就可以說 Is anyone here?（有人在嗎？）。

一起大聲唸喔！

040-5.mp3

* **living room** 片 客廳
* **dining room** 片 飯廳
* **study / reading room** 片 書房
* **bedroom** [ˋbɛd͵rʊm] 名 臥室
* **bathroom** [ˋbæθ͵rum] 名 浴室
* **store room** 片 儲藏室
* **guest room** 片 客房
* **junk room** 片 雜物房
* **balcony** [ˋbælkənɪ] 名 陽台
* **kitchen** [ˋkɪtʃɪn] 名 廚房
* **upstairs** [ˋʌp͵stɛrz] 形 副 樓上的；樓上
* **downstairs** [ˋdaʊn͵stɛrz] 形 副 樓下的；樓下

Unit
41

請弟弟把東西拿過來

英
041-1.mp3

英+中
041-2.mp3

Can you bring **the salt** to me?

你可以把**鹽巴**拿給我嗎？

跟我一起這樣唸　超神奇金字塔學習法！單字變句子

Can you bring
me the salt?

Can you 你可以

Can you bring me 你可以給我

Can you bring me **the salt?** 你可以把鹽巴拿給我嗎？

I can bring
you the salt.
妳自己挑吧。

Yes 好

Yes, I can. 好，我可以。

I can bring you **the salt.** 我可以把鹽巴拿給你。

幹嘛把我的
感冒藥拿出來

Can you 你可以

Can you bring **the salt** 你可以拿鹽巴

Can you bring **the salt** to me? 你可以拿鹽巴給我嗎？

Yes 好

Yes, I can. 好，我可以。

I can bring **the salt** to you. 我可以把鹽巴給你。

041-3.mp3　041-4.mp3

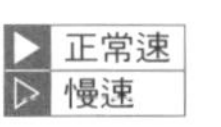

讓我們用主要的英文句子來交朋友吧！

Wow, it smells good.

哇，好香哦。

★感官動詞，後面要接形容詞，像是 good, bad。我們也可以用「smell + like + 名詞」來表達，例如「It smells like coffee.」（聞起來像咖啡）。

Mom's cooking our favorite dish–pasta with chicken.

媽咪在煮我們最愛吃的雞肉義大利麵。

dish：有「一道（菜）、一客（餐）」的意思

the best：good（好的）的最高級。別忘了要在最高級前面加個「the」唷

I love pasta! Mom's pasta is the best.

我愛義大利麵！媽咪的義大利麵最好吃了。

Peter, can you bring the salt to me?

彼得，你可以把鹽巴拿給我嗎？

here you are：片語，表達「對方要的東西在這」時可以用

No problem, here you are.

沒問題，在這裡。

同樣的話也可以換個方式說喔！

★It is our favorite＋某樣東西.
這／那是我們最喜歡的（某樣東西）。

It is our favorite. 這／那是我們的最愛。
It is ＋某樣東西. 這／那是我們的（某樣東西）。

小朋友，當媽媽把好吃的美食端出來之後，一陣香味飄出來的瞬間，大家一定會說「It smells delicious.」，對吧？接著還可以像前一頁對話中所說的方式，用 Our favorite dish—pasta with chicken. 來表達對媽媽的讚美，或者直接說 It is our favorite. 還是 It is our/my pasta.（這是我們的／我的義大利麵）都可以唷。

★the best 最好的

excellent 優等的
perfect 完美的

best 是 good 的形容詞最高級，指的是「最好，最棒」的意思。以後小朋友學到形容詞的比較級與最高級時，老師都會說「形容詞字尾 + er」就會變成比較級，意思是「更～的」；「形容詞字尾 + est」就會變成最高級，意思是「最～的」。但是，good 是不規則的變化，它的比較級是 better，最高級是 best。另外，還要記得一點就是，最高級 best 前面要加上 the 唷。

★Here you are.（你要的東西）在這裡。

Here it is. (你要的東西) 在這裡。
Here you go. (你要的東西) 在這裡。

這個句子非常實用。當別人請你幫他拿個東西，而你在遞給他的時候，就可以這樣說 Here you are. / Here it is. / Here you go.。小朋友去買東西結帳時，店員跟你說 It's $55 in total.（總共是 55 元），而你在把錢給他的同時也可以說 Here you are. / Here it is. / Here you go.。

會話加UP！UP！ 使會話更加豐富的一句話！

Get me the..., please. 請幫我拿…。

請別人幫我們拿東西，可以用 get。譬如說 Get me the tissue.（幫我拿一下衛生紙）。又或者是 Get me the key, please.（麻煩幫我拿鑰匙）。不過如果想請別人幫忙提東西，通常會說 Help me with the bag, please.（麻煩幫我提一下包包）。另外，請別人把東西遞過來，特別是在餐桌上，小朋友可以用 pass，例如 Pass me the milk, please.（麻煩把牛奶遞過來）；如果不是在餐桌，就可以說 Would you please hand me the coat?（可以麻煩你把外套拿給我嗎？）。

英文單字輕鬆學 一起大聲唸喔！

041-5.mp3

＊ **in total** 片 總共
＊ **perfect** [`pɝfɪkt] 形 完美的
＊ **excellent** [`ɛksḷənt] 形 優秀的
＊ **here you are** 片 你要的在這裡
＊ **salt** [sɔlt] 名 鹽巴
＊ **bring** [brɪŋ] 動 帶來
＊ **pasta** [`pɑstə] 名 義大利麵
＊ **best** 片 最好的（good 的最高級）
＊ **chicken** [`tʃɪkɪn] 名 小雞；雞肉
＊ **smell** [smɛl] 動 聞起來
＊ **favorite** [`fevərɪt] 形 名 最喜歡的；最喜歡的人、東西

跟姊姊說我也要加入

I want to join you.

我想要加入你們。

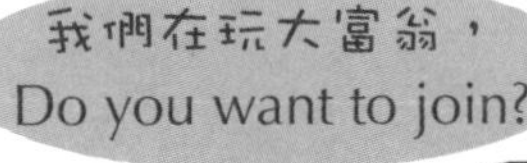

超神奇金字塔學習法！單字變句子

you 你

Do you 你

Do you want to join us**?** 你想要加入嗎？

Yes 是的

Yes, I want 是的，我想

Yes, I want to join you**.** 是的，我想加入。

you 你

Do you 你

Do you want to join us**?** 你想要加入嗎？

Yes 是的

Yes, I do. 是的，我想。

Yes, I want to join you**.** 是的，我想加入。

看到他們的大富翁紙鈔沒有？我們的目標。
我只看到薯條而已。

042-3.mp3

042-4.mp3

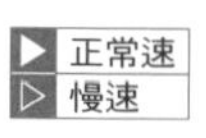

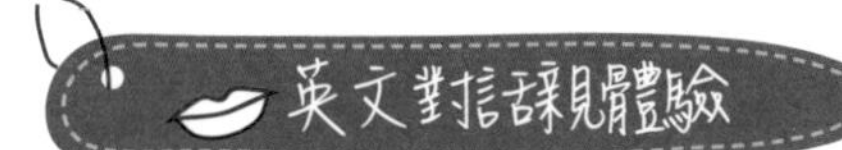

讓我們用主要的英文句子來交朋友吧！

(Jenny is making a phone call. 珍妮正在打電話。)

What are you doing, Sis?
姐，妳在做什麼？

puppet 是「木偶」的意思，任何名詞後面加一個 show 就表示這是「…表演」

Linda and I are going to a puppet show tomorrow. We want to talk about lunch.
琳達跟我明天要去看木偶表演，我們想討論午餐的事。

表達「談論某話題」時，介系詞要用 about

Puppet shows are fun. Can I come with you?
木偶秀很好玩，我可以跟你們去嗎？

★fun，名詞，意思是「有趣的事物、娛樂」，和 funny 的意思有點不太一樣，funny 是指「搞笑的」。

Umm, I should ask Mom and Dad first.
嗯，我應該先問爸媽。

What are you doing? Can I come with you?
我要去奶奶家。一起來吧！

Please...let me come. I want to join your.
拜託…讓我去啦。我想要加入你們。

★please，副詞，在這裡是「拜託」的意思，小朋友想請求或拜託人家時，這個單字就很管用唷。

OK, we'll go together.
好吧，我們一起去。

副詞，「一起」的意思

同樣的話也可以換個方式說喔！

★What are you doing?
你在做什麼？

What are you up to?
你在那做什麼？

這是很常見的問句，也是小朋友在日常生活中經常聽到或說到的話。現在教你另一種說法，意思有點不太一樣，語氣上有點不同的「What are you up to?」，這是有人可能在鬼鬼祟祟做某事時，想要詢問、拆穿他／他們在幹嘛時可以說的表達方式。

★Can I come with you?
我可以跟你（們）去嗎？

Can I join you? **我可以加入你（們）嗎？**

雖然我們都知道 come 是指「來」的意思，但這裡的 come 表示「前往對方所要去的目的地」，是一種「跟過去」的意思。join 是「參加」的意思，而更禮貌一點的問法可以把 can 改成 may，例如 May I come/go with you? 或 May I join?。

★I want to join you. 我想要加入你（們）。

Count me in. **算我一份。**
I'd like to join you. **我想加入你（們）。**

這是很道地的用法，以後小朋友有機會參加外國朋友的活動，你就可以跟他們說 I would like to join you.、Count me in, OK?（我想加入你們，算我一份，好嗎？），當然，說完之後再補上一句 thank you 或 please，都能讓對方感覺你能有禮貌跟誠意唷！

會話加UP！UP！ 使會話更加豐富的一句話！

You are in. 你是我們的一份子。
I am in. 我參加。

第一句的用法是當別人問你 Can I join you?（我可以加入你／你們嗎？）小朋友就可以說 Of course, you are in.（當然，你是我們一份子了）。而第二句則用在當別人問你 Would you join us?（你要加入我們嗎？）或 Are you in?（你要參加嗎？），你就可以回答 Yes, I am in. 或 No, I am out. / No, don't count me in.（不要算我一份）。

我有說可以
加入嗎？
I am in.
真開心我加入了你們。
你來錯
地方了吧？

英文單字輕鬆學 一起大聲唸喔！

042-5.mp3

* count [kaʊnt] 動 算、數
* let [lɛt] 動 讓
* together [tə͵gɛðɚ] 副 一起
* join [dʒɔɪn] 動 加入
* fun [fʌn] 名 有趣的事物
* talk [tɔk] 動 說話、談論
* about [əˋbaʊt] 介 關於
* lunch [lʌntʃ] 名 午餐
* puppet [ˋpʌpɪt] 名 木偶
* show [ʃo] 名 表演
* want [wɑnt] 動 想要
* ask [æsk] 動 問

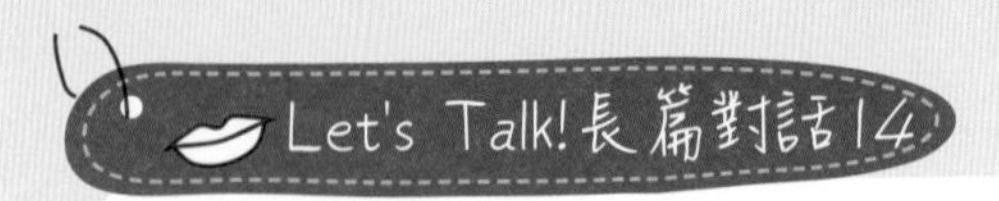

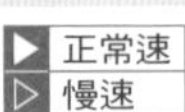

What are you doing, Sis?
姐，妳在做什麼？

Linda and I are going to a puppet show tomorrow. We want to talk about lunch.
琳達跟我明天要去看木偶表演，我們想討論午餐的事。

Puppet shows are fun. Can I come with you? Please...let me come. I want to join you.
木偶秀很好玩，我可以跟你們去嗎？拜託…讓我去啦。我想要加入你們。

OK, we'll go together.
好吧，我們一起去。

Sis, where is Mom? I need her help.
姊，媽咪在哪？我需要她來幫我一個忙。

Mom's cooking in the kitchen. She's cooking our favorite dish—pasta with chicken.
媽咪在廚房煮東西。她煮我們最愛吃的雞肉義大利麵。

I love pasta! Mom's pasta is the best.
我愛義大利麵！媽咪的義大利麵最好吃了。

Well, I will give you a hand.
好吧，我來幫你。

Thanks, Sis.
姐，謝囉。

By the way, can you bring the salt to me first?
對了，你可以先把鹽巴拿給我嗎？

No problem, here you are.
沒問題，在這裡。

Unit
43

問姊姊怎麼了

英
043-1.mp3

英＋中
043-2.mp3

What's wrong with **you?**

妳怎麼了？

跟我一起這樣唸

超神奇金字塔學習法！單字變句子

What 什麼

What's wrong 怎麼了

What's wrong with **you?** 你怎麼了？

What's wrong
with you?

I had a bad day.
絕對不要在浴室
練月球漫步。

day 一天

bad day 倒楣的一天

I had a bad day**.** 我今天很倒楣。

What 什麼

What's wrong 怎麼了

What's wrong with **Mom?** 媽媽怎麼了？

我剛剛在洗腳
的水桶呢？

day 一天

tiring day 疲累的一天

She had a tiring day**.** 她今天很累。

043-3.mp3

043-4.mp3

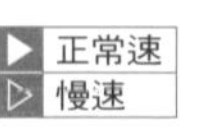

讓我們用主要的英文句子來交朋友吧！

look 是感官動詞，後面要接形容詞，像是 good, bad 等形容詞

Sis, you look terrible.
姐，妳看起來很糟。

你因為考零分，所以在躲媽媽嗎？
You bet.

You bet.
說得沒錯。

= what is

What's wrong with you?
妳怎麼了？

★用 What's wrong 來表達「你怎麼了」時，後面的介系詞要用 with。

表達「科目」時，記得要大寫。

I failed my Math test.
我數學測驗不及格。

★fail，動詞，意思是「不及格、當掉」，和 flunk 同義。字尾加 -ed 是過去式，表示已經發生了。

Oh, no! I'm sorry to hear that.
噢，不會吧！糟糕。

= I am

同樣的話也可以換個方式說喔！

★You bet. 你說對了。

You're right. 你說得沒錯。
Absolutely right. 完全正確。

bet 有「猜、打賭」的意思，譬如說 I bet you had a wonderful vacation.（我想你的假期很愉快吧）。至於 You bet. 則是很常見的用法，字面想傳達的意思是「你可以用生命來打賭某件事是對的」，也就是「你是對的、沒錯」的意思。而 absolutely，副詞，是「完全」、「絕對」的意思。

A: You're from France, right? 你來自法國，對吧？

B: You bet. 沒錯，你說對了。

★fail 不及格；失敗

flunk 不及格；失敗

我想小朋友應該不太想學這個單字。「to fail the test」（考試不及格）是令人不開心的事。而 fail 又有「失敗」的意思，不過俗話說 Failure leads to success.（失敗乃成功之母），小朋友，Do not fear failure.（不要害怕失敗）。

字尾加 -ed 表示過去式，意思是「已經發生了」

★What happened? 發生什麼事？

What's wrong with you? 你怎麼了？
What's the matter? 怎麼了；發生什麼事？

問狀況的時候，我們一般會用 What happened (here)? 或 What's the matter?、What's wrong?。若想要問別人的情況或關心別人時，我們則會用 What's wrong with you?。如果想表達「你在煩什麼／什麼事在煩你？」，小朋友可以說 What's bothering you?。

會話力UP！UP！ 使會話更加豐富的一句話！

What's eating you? 什麼事情煩著你？

沒錯，我們可以用 eat 這個單字來表達「什麼事情煩著你，把你給吃了」等意思，很容易記吧！那麼當別人這樣問你的時候，恐怕你的心事一定是七上八下，也不知道該怎麼說，這時你的回答可能是：

★Well, ... 這個嘛…

★Look, ... 事情是這樣的…

★You know, ... 你知道的嘛…

英文單字輕鬆學 一起大聲唸喔！

043-5.mp3

* happen [`hæpən] 動 發生
* wrong [rɔŋ] 形 錯的
* matter [`mætɚ] 名 問題、事情
* flunk [flʌŋk] 動 沒通過、不及格
* fail [fel] 動 失敗；不及格
* right [raɪt] 形 對的
* bet [bɛt] 動 打賭
* hear [hɪr] 動 聽見
* Math [mæθ] 名 數學
* test [tɛst] 名 考試
* terrible [`tɛrəbl̩] 形 可怕的；糟糕的
* tiring [`taɪərɪŋ] 形 累人的
* bad [bæd] 形 不好的

Unit
44

不同意弟弟的想法

英
044-1.mp3

英＋中
044-2.mp3

I don’t think so.
我不這麼認為。

跟我一起這樣唸

超神奇金字塔學習法！單字變句子

今天我被隔壁的
老王說很漂亮。
Do you agree?

you 你

Do you 你

Do you agree? 你同意嗎？

這老王到底在
想什麼？

Yes 是的

Yes, I do. 是的，我同意。

Yes, I think so. 是的，我也這麼認為。

唉…視力越來
越不好了。
←老王

you 你

Don’t you 你不

Don’t you agree? 你不同意嗎？

No 不

No, I don’t. 我不同意。

No, I don't think so. 不，我不這麼認為。

044-3.mp3 044-4.mp3

▶ 正常速
▷ 慢速

英文對話現體驗

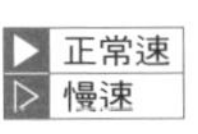

讓我們用主要的英文句子來交朋友吧！

片語，一種鼓勵人的用詞，有「加油」的意思

Cheer up, sis. You will do well on the test next time.

姐，振作點，下次妳會考好的。

★表達「在考試的表現好或壞」動詞用 do。「考得好」就是 do well on the test，考不好就是 do badly on the test。

可以當「形容詞、副詞」，都有「努力」的意思，在這句裡扮演副詞的功能，修飾 study

Thanks. But I studied very hard.

謝了，不過我真的很用功。

★study（研究、讀書）的過去式形式是去 y，加上 ied。

Maybe you need a tutor.

或許妳需要家教。

片語，意思是「浪費…」

Well, I don't think so. I think it's a waste of time and money.

嗯，我不這麼認為耶，我覺得浪費時間又浪費錢。

同樣的話也可以換個方式說喔！

★Cheer up. 振作一點、加油。

Perk up. **活躍、振奮。**
Pull yourself together. **振作一點。**

替別人加油，或者希望他們振作起來，我們可以說 Cheer up.，Pull yourself together.，或者 Perk yourself up.。另外，如果要表達「某個東西振奮人心」，我們也可以用這些片語唷。例如：

The film perked up all the students in the theater.（這部電影振奮了電影院裡的所有學生。）

★I don't think so.
我不這麼認為。

I don't agree. **我不認同／不同意。**

這裡的 think 有「思考」、「認為」等意思，so 則是「這麼、如此」的意思。所以 I don't think so. 是「我不這麼認為」的意思。相反的，I think so 就是「我認為是這樣」的意思。同樣的，I don't agree with you. 是指「我不認同你說的」，而 I agree (with you) 是指「我同意你說的」。

★waste 浪費

a waste of... **浪費…**

第一個 waste 是動詞，例如 You should not waste money like that.（你不應該那樣浪費錢）。而第二個 waste 是名詞，例如 It is a waste of money to buy that. 或者 To buy that is a waste of money.（買這個東西是一種浪費）在 a waste of 的前面會加個「虛主詞 it」，用 it 來當主詞引導出後面說的 to buy that。

會話力UP！UP！ 使會話更加豐富的一句話！

I'm against it. 我反對。

當你 don't agree with someone，某種程度你是在「反對」他／她，也就是 against him/her。當然很多時候我們是對事而不對人，你可能只是 against his/her idea = against it（反對他／她的意見／想法），而不是在 against him/her（反對他／她這個人）。

當我們說「I'm against it」的時候，的確會表現出一種強硬的態度，別人不見得會被你說服。相反地，我們可以用比較軟性的說法，例如 I have a different view.（我有不同的看法）或 I take a different view.（我採取不同的觀點），這樣別人會更願意聆聽你的意見哦。不過，小朋友可要注意，如果別人說 I can't agree more. 字面上的意思是「我沒法同意你更多了」，言下之意也就是「我舉手贊成」。

英文單字輕鬆學 一起大聲唸喔！

044-5.mp3

* **against** [ə`gɛnst] 介 反對；違反
* **waste** [west] 名 動 浪費
* **agree** [ə`gri] 動 同意
* **think** [θɪŋk] 動 想；思考
* **cheer** [tʃɪr] 動 振奮、鼓勵
* **perk** [pɝk] 動 使振作、使活躍
* **time** [taɪm] 名 時間
* **money** [`mʌnɪ] 名 錢
* **hard** [hɑrd] 形 副 難的；努力地
* **tutor** [`tjutɚ] 名 家教
* **test** [tɛst] 名 測驗

給姊姊意見

英
045-1.mp3

英＋中
045-2.mp3

If I were **you**, I wouldn't **say that.**

如果我是**你**，我不會**這麼說**。

跟我一起這樣唸　超神奇金字塔學習法！單字變句子

幫我撿金球，我就帶你回皇宮，
What do you think?
呱~
呱~
呱~

What 什麼

What do you 你會怎麼

What do you **say?** 你會怎麼說？

我來撿！！

If 如果

If I were **you,** 如果我是你，

I wouldn't **say that.** 我不會這麼說。

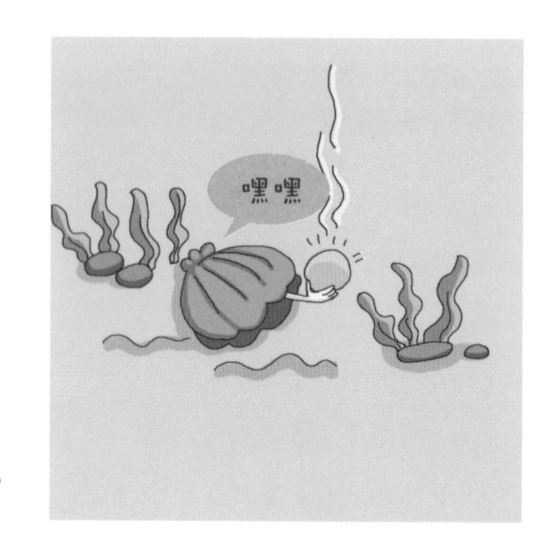

What 什麼

What do you 你會怎麼

What do you **think?** 你會怎麼想？

If 如果

If I were **you,** 如果我是你，

I wouldn't **say that.** 我不會這麼說。

045-3.mp3

045-4.mp3

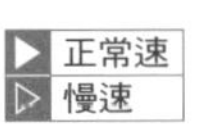

讓我們用主要的英文句子來交朋友吧！

I really think a tutor may help you.
我真的覺得家教對妳會有幫助。

「by + 反身代名詞」表示「靠自己」的意思。和「on one's own」同義

But I can study by myself. So why do I need a tutor?
可是我可以自己唸書。
所以我為什麼需要家教呢？

...
別浪費時間了，咱們直接去海產店吧。
you can say that again.

If I were you, I wouldn't say that.
如果我是妳，我就不會這樣說。

★if 開頭的假設語氣，用過去式來表示「與現在的事實」不相符，也就是說「如果我是你」是一個不可能的假設，我絕不可能變成你。

Why?
為什麼？

片語，和 by oneself/oneselves 同義

Sometimes you just can't be on your own. You need help.
有時候妳真的不能都靠自己，妳需要幫忙。

慣用語，和 You bet.、You are right. 同義

I see, Pete. You can say that again.
我明白了，小得，你說的沒錯。

同樣的話也可以換個方式說喔！

★If I were you 如果我是你

Were I you 如果我是你

我就是我，你就是你，我永遠不可能成為你，在這種不可能發生的「假設性」表達中，動詞記得都要用過去式。這裡的 if 就是「如果、假設、假如」的意思，而 were 則是「假設語氣」中主詞的過去式 be 動詞，但一般情形中，I 的過去式 be 動詞是 was，在假設語氣中要用 were，這是比較特殊的狀況。「Were I you」則是另外一種表達方式，把 if 拿掉，把 be 動詞提到最前面。

★on your own 靠你自己

by yourself 你自己

on one's own 就是靠自己，所以 on his/her own 就是「靠他自己」的意思。如果聽到別人跟你說 You are on your own.，皮可是要繃緊一點，因為他的意思是「你得靠自己，沒有人能幫你，要自求多福」。

★You can say that again.
你說的沒錯。

I agree with what you said. 我同意你說的。
You bet. 你說的沒錯。

再提醒一次，you can say that again 的意思並不是「你可以再說一遍」哦！而是「你說的沒錯」的意思。當你覺得對方說的沒錯時，也就代表說你 agree（同意）他的想法。而更簡單的說法就是 You bet.，也就是「你是對的、沒錯」的意思。

會話加UP！UP！

使會話更加豐富的一句話！

Were I you... 如果我是你…

前面解釋過 If I were you（如果我是你），但其實我們也可以直接說 Were I you，例如，Were I you, I would tell the truth.（如果我是你，我會說實話）。Were I you, I would not bother myself with that.（如果我是你，我不會為那件事煩惱）。在「與事實相反」的假設語氣中，動詞時態都是過去式，所以這兩句的助動詞都用 would，而不是用 will。

我長得那麼帥，
怎麼沒有女生喜
歡我。

Were I you, I
wouldn't tell a lie.

英文單字輕鬆學

一起大聲唸喔！

045-5.mp3

* bother [`bɑðɚ] 動 打擾
* truth [truθ] 名 真相
* bet [bɛt] 動 打賭
* agree [ə`gri] 動 同意
* own [on] 形 自己的 動 擁有
* were [wɝ] 動 第二人稱 be 動詞「are」的過去式
* tutor [`tjutɚ] 名 家教
* study [`stʌdɪ] 動 研究、學習
* think [θɪŋk] 動 思考；認為
* really [`rɪəlɪ] 副 真的、實際上
* wouldn't [`wʊdn̩t] =would not，不願，不要（表示意志）

用前面幾課的內容，一起快樂的用英文對話吧!

045-6.mp3

045-7.mp3

Sis, you look terrible. What's wrong with you?
姐，妳看起來很糟。妳怎麼了？

I failed my Math test.
我數學測驗不及格。

Oh, no! I'm sorry to hear that. Well, cheer up, Sis. You will do well next time.
噢，不會吧！糟糕。嗯，振作點，姐，下次妳會考好的。

Thanks. But I studied very hard.
謝謝，不過我真的很用功。

Maybe you need a tutor.
或許妳需要家教。

Well, I don't think so. I think it's a waste of time and money.
這個嘛，我不覺得耶，我覺得那浪費時間又浪費錢。

If I were you, I wouldn't say that.
如果我是你，我不會這麼說。

Why?
為什麼？

Sometimes you just can't be on your own. You need help.
有時候妳真的不能都靠自己，妳需要幫忙。

I see, Pete. You can say that again.
我明白了，小得，你說的沒錯。

Unit
46

禁止弟弟打擾我

英
046-1.mp3

英＋中
046-2.mp3

Do not do that.
不要那樣做。

跟我一起這樣唸
超神奇金字塔學習法！單字變句子

not 不要
Do not 不要
Do not **do that.** 不要那樣做。

Please stop
doing that.

我先來的，公主是我的。
砰！

Stop 別做
Stop **doing** 別做
Stop **doing that.** 別那樣做。

not 不要
Do not 不要
Do not **do that again.** 不要再那樣做。

我的王子呢？

Please 請
Please stop **doing** 請別做
Please stop **doing that.** 請別那樣做。

046-3.mp3 046-4.mp3

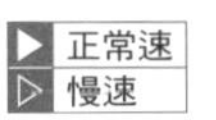

正常速
慢速

讓我們用主要的英文句子來交朋友吧！

Hey, Sis. Let's play Wii.
嗨，姐，我們來玩 Wii 吧。

= I would，用 would 來表示「意願」

= I am

I'd love to, but I'm watching my favorite show.
我很想，可是我在看我最愛的電視節目。

介系詞，後面接「時間長度」，表示過了多久的時間

Come on, let's play for 30 minutes.
來啦，我們來玩半小時就好了。

(Peter tries to switch off the TV. 彼得要關掉電視。)

★switch 當動詞時有「轉換」的意思，所以轉到 on 就是 switch on，「打開」的意思，轉到 off 就是 switch off，「關掉」的意思。

Oh, Peter. Don't do that! I don't want to miss this part.
= Do not
噢，彼得，不要那樣啦！我不想錯過這部分。

同樣的話也可以換個方式說喔！

★I'd love to..., but...
我很想，但…

I'd like to..., but...
我很想，但…

小朋友，這句話的用法，一般是當別人邀請你去做某事或去某個地方，你雖然有興趣，但可能正在忙，或有要事在身時的一種婉拒方式，絕對不會得罪到別人唷。當然如果你真的有興趣，也有意願要去，就可以直接回答 I'd love to 或 I would like to。這裡的「I'd」是「I would」的縮寫。

★Don't do that. 不要那樣做。

Stop doing that. **別再那樣做。**
Stop! **住手／住口！**

小朋友要記住，想表達「停止做某事」時，stop 後面的動詞要加 ing 哦。例如，Stop calling me fatty! 別再叫我小胖了！當然也可以只說一個單字「Stop」，直接要求對方馬上停止任何事情唷！

★miss the part 錯過這部分

fail to catch the part **沒有把握這部分**

小朋友一定在想「miss」不是「想念」的意思嗎？沒錯，miss 有想念的意思，同時也有「遺漏、錯過」之意，譬如，我們可以用在一個很重要或很難得的活動上面，I missed the Sunday basketball game.（我錯過了星期日的籃球賽）。另外，fail 是「不能…、失敗」的意思，catch 是「及時趕上、把握」的意思，剛好跟 miss 是相反詞，所以 fail to catch... 就是 miss... 的意思。

會話力UP！UP！ 使會話更加豐富的一句話！

Never again. 不會再做某件事／說某件事了。

字面上的意思有點道歉的感覺，表示自己再也不做或不敢再做了；不過，英文很多時候同一種說法，不同的語氣，就有完全不同的意思。例如，自己很生氣的說 Never again，表示很氣自己，要自己「再也不要做那麼蠢的事了」；或者是別人讓你生氣，你告訴他／她「以後再也不要做這種事。」

Not again. 不要再來了。

Not again 跟 Never again 的中文看起來很像，但使用的狀況其實不同。例如，老師宣佈下星期有小考，而今天才剛考完，小朋友心裡面可能會嘀咕說 Not again!（不要再考了！）但不會說 Never again；而如果是班上同學上課時打瞌睡，老師會說 Never again 或 Not again，同學也可以道歉說 Never again。另外比較有趣的用法是，好朋友請你幫忙，你開玩笑的跟他／她說 Oh, not again.（噢，不要啦／又來了。）

英文單字輕鬆學 一起大聲唸喔！

046-5.mp3

* **catch** [kætʃ] 動 抓住；趕上、沒錯過
* **miss** [mɪs] 動 錯過；想念
* **stop** [stɑp] 動 停止；阻止
* **like** [laɪk] 動 喜歡
* **love** [lʌv] 動 愛
* **minute** [`mɪnɪt] 名 分鐘
* **favorite** [`fevərɪt] 形 最喜愛的
* **show** [ʃo] 名 表演 動 呈現
* **please** [pliz] 動 請；拜託

對姊姊表示關心

I’ve been worried about you.

我一直很擔心你。

超神奇金字塔學習法！單字變句子

sad 難過

look sad 看起來很難過

You look sad. 你看起來很難過。

You look sad.

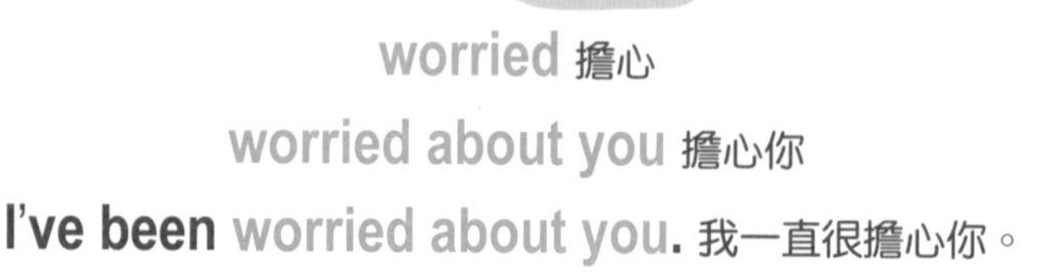

worried 擔心

worried about you 擔心你

I’ve been worried about you. 我一直很擔心你。

sad 難過

looks sad 看起來很難過

She looks sad. 她看起來很難過。

worried 擔心

worried about her 擔心她

I’ve been worried about her. 我一直很擔心她。

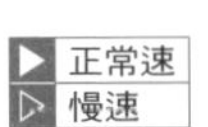

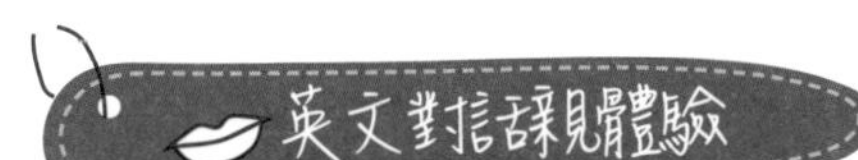

讓我們用主要的英文句子來交朋友吧！

= how is

Sis, how's the Math thing?
姐，數學的事怎樣了？
★這裡的thing是指「事情」，前面會放名詞，就像是對話裡頭的 Math thing。意思是「數學的事」。

good 的「比較級」，意思是「比較好、更好」的意思

It's getting better. Why?
比較好了，怎麼了？為什麼這樣問呢？

= I have been，用過去完成式來表示「從過去到現在一直持續的動作」

I've been worried about you.
我一直很擔心妳。
★「be + worried + about」是慣用的片語，about 後面接的是「擔心的對象」。

go 的過去式

Actually, I went to my Math teacher. He helped me a lot. You are so sweet, Pete. Thanks.
其實我去找我的數學老師，他幫了我很多。小得，你真貼心，謝囉。

Come on, Sis, we're brother and sister.
今天應該是Peter要洗碗才對呀，怎麼我也要…
Jenny！跟弟弟一起洗碗。

= we are

Come on, we're brother and sister!
拜託，我們是姐弟呀！

同樣的話也可以換個方式說喔！

★be 動詞 + getting + （形容詞比較級）越來越…

be 動詞 + becoming + （形容詞比較級）
變得越來越…

這裡的 getting 是指「越來越…」，而 becoming 有強調「變得越來越…」的意思，後面都要接「形容詞的比較級」，也就是在形容詞字尾加上 er，如 colder，若是只有一個音節，而且是「子音＋母音＋子音」的結構，如 hot，字尾的子音要重複，再加上 er，即 hotter。若字尾是 y，請去 y，加上 ier，如 heavy → heavier。如果是 3 個音節以上，如 beautiful，我們在形容詞前面加上 more，也就是 more beautiful。

★actually 事實上

in fact **事實上**
as a matter of fact **事實上**

這三種用法都通用，小朋友可以依照自己的喜好把其中一個記住，讓你說起英文更有說服力。一個有類似意思的單字，那就是「坦白說」，是很多人的口頭禪，英文的表示方式有 Frankly / Honestly / To be honest / Frankly speaking。

★turn to (someone) 請求幫忙

go for (someone) **請求幫忙**

turn 有「轉向」的意思。當我們說 I can only turn to you，意思就是「我只有找你幫忙／你是唯一能幫忙我的人」。有一句話雖然讓人有點難過，但正因為這樣，這句話也許可以留在你的腦袋裡久一點：I have no one to turn to.（沒有人能幫我／我找不到人幫忙）。

會話加UP！UP！ 使會話更加豐富的一句話！

I care about you. 我在意／關心你。

care 這個字很有意思，它包含很多的感情，我們常說 I care 或 I don't care，那種給別人的感覺是相當有力的，而且當我們很不以為然時，會說 Who cares?（誰會在意？）那種不屑的感覺也是很強烈的。

除了用 care 表達對對方的關心，小朋友也可以用 worry 這個字，用法很簡單，例如，I'm worried about you.（我很擔心你）。

英文單字輕鬆學 一起大聲唸喔！

047-5.mp3

* care [kɛr] 動 關心、在乎
* turn [tɝn] 動 轉動
* actually [ˋæktʃʊəlɪ] 副 事實上、其實
* in fact 片 事實上、其實
* as a matter of fact 片 事實上、其實
* become [bɪˏkʌm] 動 變成
* get [gɛt] 動 變成、成為
* brother [ˋbrʌðɚ] 名 兄弟
* sister [ˋsɪstɚ] 名 姊妹
* sweet [swit] 形 甜的
* better [ˋbɛtɚ] 形 更好的、比較好的（good的比較級）
* thing [θɪŋ] 名 事情；東西
* look [lʊk] 動 看
* sad [sæd] 形 傷心的

Unit
48

跟弟弟表示自己的底線

英
048-1.mp3

英＋中
048-2.mp3

I don’t like it.

我不喜歡這樣。

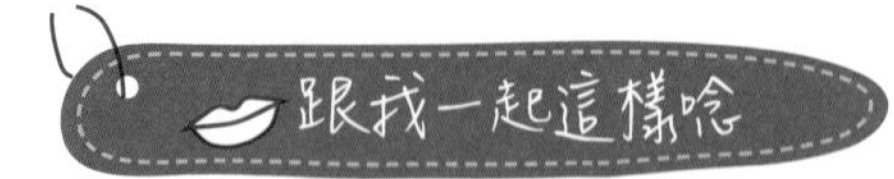
跟我一起這樣唸

超神奇金字塔學習法！單字變句子

like 喜歡

like it 喜歡這樣

Do you like it? 你喜歡這樣嗎？

The end of the story?
I don't like it.

我不想再吃素了
Do you like it?

like 喜歡

like it 喜歡這樣

I don't like it. 我不喜歡這樣。

like 喜歡

like it 喜歡這樣

Does he like it? 他喜歡這樣嗎？

like 喜歡

like it 喜歡這樣

He doesn't like it. 他不喜歡這樣。

這是仿冒品嗎？
Do you like it?
每件500元

048-3.mp3

048-4.mp3
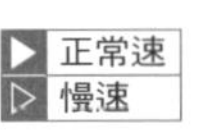

讓我們用主要的英文句子來交朋友吧！

(Peter entered his sister's room without knocking.)
彼得沒有敲門就走進姐姐的房間。

There you are, Sis!
姐，妳在這哦！
慣用語，表達「一直在找的人或物終於出現時」的用詞

Hey, Pete! Did you knock?
嘿，小得！你有敲門嗎？
動詞，「敲門」的意思

No, what's wrong?
沒有，怎麼了？
表達「怎麼了」的疑問詞要用 what

表示「建議、勸告」的助動詞，意思是「應該」

I don't like it. You should knock before entering someone's room.
我不喜歡這樣。你在進人家的房間前應該要敲門。

= I am

I'm sorry. Not again.
抱歉，下次不會這樣了。

That's fine.
沒關係。

同樣的話也可以換個方式說喔！

★There you are. 你在這呀。

I've been looking for you. 我一直在找你。

There you are. 這個用法是一種倒裝句，小朋友可以將句子想成它原來的樣子 You are there. 比較好理解。在這裡的 there 雖然字面上是「那裡」的意思，但這個片語主要想表達的是「一直沒看到某人，結果某人從另外一個地方出現」，而對方所在的地方對我們來說是 there（那裡）。英文中也有 Here you are. 的用法，但它的意思卻是「你要的東西在這」唷。另外，利用第三人稱會變成 There he/she is.（他／她在這、他／她來了）。

★I don't like it. 我不喜歡這樣。

I hate it. 我討厭這樣。
I'm against it. 我反對這樣。

小朋友，有的時候也要學會如何表達自己的不滿唷。上面這些句子都是很直接的表達方式，這些表達是在當你已經受夠了的情況下使用，讓對方知道你的限度在哪裡。it 是代名詞，在這裡代替任何你不喜歡的事物，而 against 是介系詞，意思是「反對」，當有人說出「反對」的時候，就代表他不喜歡某一事物。

★should 應該

be supposed to 應該
had better 最好

以上這些中文翻譯都有「應該」的意思，be supposed to 的語氣最強烈，suppose 動詞，是「認為應該、認為必須」的意思，所以 be supposed to 就是「被認為必須…」的強烈要求的意思。had better 則帶有勸告、提醒的目的。

You are supposed to talk quietly. 你應該要輕聲交談。（要求）

You had better leave early. 你最好早一點出門。（提醒）

會話加UP！UP！ 使會話更加豐富的一句話！

That's my taboo. 那是我的底線／禁忌。

底線／禁忌也就是我們常說的「點」、「地雷」。每個人都有自己的 taboo，有些人不喜歡別人隨便碰他／她的頭髮，有些人則受不了別人談論到他／她的事情，taboo 有太多種了，不過只要我們 treat people with politeness（禮貌待人），就不會踩到別人的底線，引起不必要的爭執。除了人有底線以外，每種文化 (culture) 也有不同的禁忌，像有些地方用手指著別人是非常不禮貌的行為（例如：越南）或隨意問別人的薪水、宗教，都是很問不得的 taboo！有些人被問到不該問的問題可能會抓狂，也許還會大叫說「我受不了」：

★I can't stand that!（我無法忍受）

★I have had enough!（我受夠了）

★I am fed up with that!（我受夠了）

英文單字輕鬆學 一起大聲唸喔！

048-5.mp3

* **fed up with** 片 受夠了
* **enough** [əˋnʌf] 代 形 足夠（的）
* **stand** [stænd] 動 站立；忍受
* **taboo** [təˋbu] 名 禁忌
* **knock** [nɑk] 動 敲（門）
* **enter** [ˋɛntɚ] 動 進入
* **room** [rum] 名 房間
* **like** [laɪk] 動 喜歡 介 像
* **without** [wɪˋðaʊt] 介 沒有

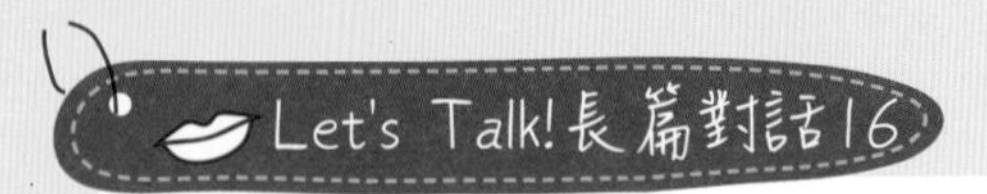

用前面幾課的內容，一起快樂的用英文對話吧!

048-6.mp3

048-7.mp3

(Peter entered his sister's room without knocking.)
彼得沒有敲門就走進姐姐的房間。

There you are, Sis!
姐，妳在這哦！

Hey, Pete! Did you knock?
嘿，小得！你有敲門嗎？

No, what's wrong?
沒有，怎麼了？

I don't like it. You should knock before entering someone's room.
我不喜歡這樣。你在進人家的房間前應該要敲門。

I'm sorry. Not again.
抱歉，下次不會這樣了。

That's fine.
沒關係。

Sis, how's the Math thing?
姐，數學的事怎樣了？

It's getting better. Why?
比較好了，怎麼了？為什麼這樣問呢？

I've been worried about you.
我一直很擔心你。

Actually, I went to my Math teacher. He helped me a lot. You are so sweet, Pete. Thanks.
其實我去找我的數學老師，他幫了我很多。小得，你真貼心，謝囉。

Come on, we're brother and sister! Sis, let's play Wii.
拜託，我們是姐弟呀！姐，我們來玩 Wii 吧。

I'd love to, but I'm watching my favorite show.
我很想，不過我在看我最愛的電視節目。

Come on, let's play for 30 minutes.
來啦，我們來玩 30 分鐘就好了。

(Peter tries to switch off the TV. 彼得要關掉電視。)

Oh, Peter. Don't do that! I don't want to miss this part.
噢，彼得，不要那樣！我不想錯過這個部分。

How may I help you?
Go down the street.
It's a 20-minute walk.

How much is it?
I'll have a hamburger.
May I sit here?

Chapter 05

用英文幫助別人
讓我好好表現

主動幫助別人

049-1.mp3

049-2.mp3

How may I **help you?**

我可以怎麼**幫你**？

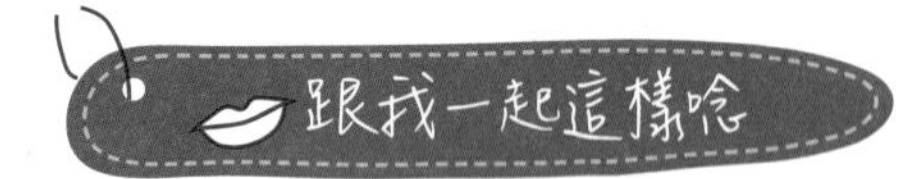

超神奇金字塔學習法！單字變句子

How 怎麼

How may I 我可以怎麼

How may I **help you?** 我可以怎麼幫你？

I 我

I need 我需要

I need **your help.** 我需要你的幫忙。

How 怎麼

How may I 我可以怎麼

How may I **help you?** 我可以怎麼幫你？

I 我

I need 我需要

I need **some help.** 我需要幫忙。

049-3.mp3

049-4.mp3

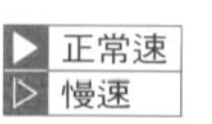

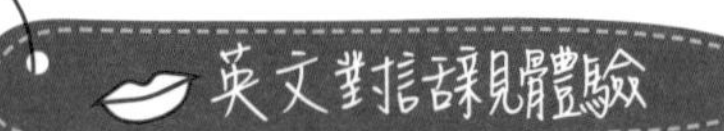

讓我們用主要的英文句子來交朋友吧！

Hi, how may I help you?
嗨，我可以怎麼幫你呢？

Yes, please. I'm looking for the nearest MRT station.
好，麻煩你一下，我在找最近的捷運站。

- looking for：片語，意思是「尋找」
- nearest：形容詞 near（近的）的最高級
- MRT：Mass Rapid Transit 的縮寫

I see. I know there is one near here. I can show you.
我知道這附近有，我可以帶你去。

- near：這裡是介系詞的功能
- one：這裡的 one 指 one MRT station（一個捷運站）

Good to hear that. Thanks.
太好了，謝謝。

You're welcome.
不客氣。

- You're：= you are

電話亭在哪？我要超人變身了。
I know there is one near here.
好巧，就在這。
這裡要排隊喔
HELP!

同樣的話也可以換個方式說喔！

★Good to hear that.（聽到這個消息）太好了。

Nice to hear that. 太好了。
Great to hear that. 太好了。

good, nice, great 這幾個形容詞都是「很好、很棒」的意思，所以小朋友，當你聽到一件不錯的消息，很自然地會馬上說「good」、「great」、「nice」，對吧？當然，你可以表達得更像外國人，把句子弄得更豐富，Good to hear that. 或者 It's great to hear that.，相信你的英文又更進一大步囉。

★You are welcome. 不客氣。

No problem. 沒問題。
It's just a piece of cake. 這小事一樁。

當別人跟你說謝謝時，我們最常用 You are welcome. 或者 No problem. 來回應。如果想強調只是舉手之勞，小事一樁，小朋友也可以說 No Sweat.（小意思）或者 It's just a piece of cake.（小事一樁）。sweat 的是「汗水、苦差事」，a piece of 指的是「一小塊」，cake 是「蛋糕」的意思。所以，別人請你幫忙的事情一點也都「不流汗」、根本「只是一塊小蛋糕」，就等於是「沒什麼」的意思，請對方不用在意。

★There is one near here.
靠近這裡有一個（設施、建築物等等）。

There is one around here.
這附近有一個（設施、建築物等等）。

當你被迷路的外國人問到某個地方要怎麼去時，如果那個地方離你們的所在地不遠時，這句話絕對派得上用場。這裡的 near 和 around 都有「附近、靠近」的意思，one 在這邊是一個代名詞，代表外國人上一句話所提到的東西。

會話力UP！UP！ 使會話更加豐富的一句話！

You need help? 你需要幫忙嗎？
May I...? 我可以…嗎？

You need help. 的意思是「你需要幫忙」，不過只要把最後的音調上揚，就可以變成問句「你需要幫忙嗎？」，小朋友，英文裡很多句子都可以這樣運用，所以開口說英文其實並不困難，譬如說，想問朋友「你餓嗎？」你可以直接說 Hungry?（音調往上），最完整的問句是 Are you hungry?。而 May I...? 在這裡是表示 May I help you（我可以幫你嗎？）的意思。

英文單字輕鬆學 一起大聲唸喔！

049-5.mp3

* **need** [nid] 動 需要
* **some** [sʌm] 代 形 一些；一些的
* **nearest** [nɪrst] 形 最靠近的（near 的最高級）
* **near** [nɪr] 形 近的
* **MRT = Mass Rapid Transit** 大眾捷運系統
* **hear** [hɪr] 動 聽見
* **train** [tren] 名 火車 動 訓練
* **station** [`steʃən] 名 車站
* **cake** [kek] 名 蛋糕
* **a piece of** 片 一塊
* **around** [ə`raʊnd] 介 副 四周、附近

Unit
50

被外國人問路

英
050-1.mp3

英＋中
050-2.mp3

Go down the street.

這條街直走。

跟我一起這樣唸 超神奇金字塔學習法！單字變句子

How 怎麼

How do I 我要怎麼

How do I **get there?** 我要怎麼到那裡？

Is MRT station near here? How do I get there?
（日文）
ㄟ斗～

爸爸你不是說你過了英檢高級，怎麼嫩掉了

street 街

down the street 這條街下去

Go down the street. 這條街直走下去。

How 怎麼

How can I 我可以怎麼

How can I **get there?** 我可以怎麼到那裡？

這很得意嗎？

street 街

down the street 這條街下去

Walk down the street. 這條街直走下去。

050-3.mp3 050-4.mp3

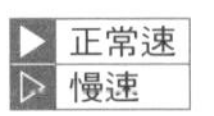
▶ 正常速
▷ 慢速

讓我們用主要的英文句子來交朋友吧！

Excuse me, how can I get to the post office?
不好意思，我要怎麼樣到郵局呢？

也可以說 go to the post office

There's a post office around here. Just go down the street and turn right.
這附近有一間郵局，只要沿著這條街直走然後再右轉就是了。

= you are

I see, you're a great help.
Thank you.
我懂了，你幫了我一個大忙，謝謝。

也可以用 You're welcome. 回答

No problem.
不客氣。

火車站
警察局
I see, you're a great help.
Just go down the street.

同樣的話也可以換個方式說喔！

★How can I get to...? 我要如何到…？

How can I go to...? 我要如何去…？
How to get to...? 如何到…？

這個句子裡的 get to 或 go to 後面一般會放「地點」，也就是「問路」對話中要去的目的地，而且不要忘記唷，如果問的是「要怎麼、如何」去某某地方，疑問詞要用 how，如果是問某某地方「在哪裡」，疑問詞才是用 where 唷。例如，How can I get to the post office?（我要怎麼樣到郵局？）、Where is the post office?（郵局在哪裡？）。

★Go down the street. 這條街直走下去。

Go straight down the street. 這條街直直走下去。
Walk down the street. 這條街直走下去。

我們在告訴別人路要怎麼走時，我們常會說「直直走」、「這條路直走」等等，對吧？英文的表達方式其實很簡單，只要講出 Go down the street 或者 Go down the road，外國人就懂了。你也可以用 Go straight down the street. 或是 Walk down the street.，都能夠豐富你的英文表達唷！

★turn right/left 右轉／左轉

make a right/left turn 右轉／左轉

小朋友，當你在告訴別人路線時，不會只有「直走」這個選擇吧！為了要更準確地把路線報出來，我們還是得把「左轉、右轉」加進來唷。例如，我們可能會說「這條路直走，在第二個紅綠燈右轉」，英文可以說 Go down the road and turn right at the second traffic light.，如果是在「第二個十字路口右轉」可以說 turn right at the second intersection，介系詞 at 在這邊要特別注意怎麼使用。

會話加UP！UP！ 使會話更加豐富的一句話！

Asking for directions 問路

遇到外國人跟你問路，還有很多實用的片語跟句子哦！就 Where「在哪裡」和 How「怎麼到達」的問句，有以下幾個回答方式，例如：

A: Where is the 7-11?

B: It is across the street. 它在（這條街的）對面。

(It is) around the corner. 在轉角。

(It is) next to the post office. 在郵局旁邊。

Down the street. 這條街直走。

Where are my glasses?
在你臉上。

A: How do I get to the 7-11?

B: Go down the street and turn right.

直走然後在轉角右轉。

Go to the corner of (name) Street and (name) Street.

走到（名稱）街跟（名稱）街的轉角。

Go two blocks and turn left.

走過兩個街區然後左轉。

英文單字輕鬆學 一起大聲唸喔！

050-5.mp3

* **block** [blɑk] 名 街區
* **turn** [tɝn] 動 轉、轉動
* **left** [lɛft] 名 形 左邊；左邊的
* **right** [raɪt] 名 形 右邊；右邊的
* **street** [strit] 名 街道
* **corner** [`kɔrnɚ] 名 角落
* **next to** 片 隔壁、旁邊
* **around** [ə`raʊnd] 介 到處 ；大約
* **across** [ə`krɔs] 介 越過
* **intersection** [`ɪntɚ͵sɛkʃən] 名 十字路口
* **traffic light** 片 紅綠燈
* **road** [rod] 名 路
* **straight** [stret] 形 副 直的；直地
* **minute** [`mɪnɪt] 名 分鐘

Unit
51

給對方更多的資訊

英
051-1.mp3

英＋中
051-2.mp3

It's a 20-minute walk.

走路要20分鐘。

跟我一起這樣唸　超神奇金字塔學習法！單字變句子

far 遠

How far 多遠

How far **is it?** 有多遠？

怎麼還沒到奶奶的家呢？
How far is it?
快了，再走3個小時。

請問一下小紅帽她的奶奶家要怎麼走呢？
那不是我家嗎？

walk 走路

20-minute walk 走路二十分鐘

It's a 20-minute walk**.** 走路要二十分鐘。

far 遠

How far 多遠

How far **is it?** 有多遠？

walk 走路

5-minute walk 走路五分鐘

It's just a 5-minute walk**.** 走路只要五分鐘。

老奶奶的家快到了。
前方路口請右轉

051-3.mp3

051-4.mp3

正常速
慢速

英文對話親體驗

讓我們用主要的英文句子來交朋友吧！

片語，表達「離某地很遠」的意思

By the way, is the post office far away from here?

對了，郵局離這裡遠嗎？

★by the way，片語，通常是突然想到什麼事情，想要提一下或問一下時的轉折語氣詞。

= it is，it 為虛主詞

這裡把「5-minute」（五分鐘）變成一個形容詞，修飾後面的 walk，所以 minute 不加複數 s

Not really. I think it's about a 5-minute walk.

不會，我想大概走五分鐘就到了。

= it is，it 為虛主詞

It's good to hear that. Taipei is really a convenient place.

太好了，台北真的是個很方便的地方。

= You are right.

You can say that again.

沒錯。

You can say "that" again.
你是大野狼嗎？
Say what?
快跑了啦。

同樣的話也可以換個方式說喔！

★by the way 順便一提

BTW（by the way的縮寫） 順便一提

by the way 其實就是中文的「對了，我…」，當我們正在說話中、或說完某件事情時，突然想到另一件相關或不相關的事情，就可以用 By the way, I...。小朋友，在寫 email、 msn 時，我們甚至可以用 BTW 來表達。

★far away from... 離…很遠

distant from... 離…很遙遠

far 指的是「遠的」的意思。說某個地方很遠，可以說 It's very far. 或 It's far away.，如果要說明「離某個地方」很遠，就再加上介系詞 from，例如 It's very far away from my home.（那個地方）離我家很遠。distant 有「遙遠」的意思，和 far 同義，只是 distant 除了形容距離上的遙遠，還可以形容「時間」上的遙遠，例如 a distant memory（遙遠的記憶）。

★really 真的

exactly 正是

really 有加強語氣的作用，是指「真的」的意思，譬如說 You look really pretty today.（你今天真的很漂亮）。而 exactly 也是一個加強語氣的副詞，表達「就是」、「正好地」的意思，譬如說，That's exactly what I want.（那就是我所想要的）。這兩個副詞都能夠讓你的表達內容更加肯定、確定。

會話加UP！UP！ 使會話更加豐富的一句話！

It's a walking distance.
用走的就行了（走路的距離）。

在街上遇到外國人向你問路，如果地點離他所在的位置很近時，小朋友可以用：It's quite near here. It's a walking distance.（離這裡相當近，步行的距離而已）。甚至可以說：It's quite near here. Just walk.（離這裡相當近，用走的就行了）。在街上遇到外國人向你問路，如果地點離他所在的位置很遠時，小朋友可以用：It's quite far away from here. (You need to) Take the bus.（離這裡相當遠，需要搭公車）。或者 It's quite far from here. (You need to) Take the MRT.（離這裡相當遠，需要搭捷運）。或者還可以用以下幾句：

★Take bus (No.) 280.（搭 280 公車）

★Get on at MRT Taipei Main Station, and get off at Taipower Building Station.
（在台北捷運站上車，在台電大樓站下車）

★Take Exit 6 / Walk out of Exit 6.
（從六號出口出來）

Is it far to go to school?

It's a walking distance.

英文單字輕鬆學

一起大聲唸喔！

051-5.mp3

＊**how** [haʊ] 副 如何

＊**far** [fɑr] 形 遠的

＊**distant** [ˋdɪstənt] 形 遙遠的

＊**just** [dʒʌst] 副 只是

＊**really** [ˋrɪəlɪ] 副 真的

＊**by the way** 片 順便一提

＊**convenient** [kənˋvinjənt] 形 方便的

＊**place** [ples] 名 地方

＊**You can say that again.** 句 你說的對。

＊**pretty** [ˋprɪtɪ] 形 副 漂亮的；相當

＊**post office** 片 郵局

＊**building** [ˋbɪldɪŋ] 名 建築物、大樓

＊**station** [ˋsteʃən] 名 車站

＊**exit** [ˋɛksɪt] 名 出口

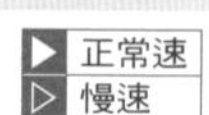

Excuse me...
不好意思…

How may I help you?
我可以怎麼幫你呢？

Yes, please. How can I get to the MRT? I'm looking for the nearest MRT station.
好，麻煩你。我要怎麼樣到捷運站呢？我在找最近的捷運站。

I see. I know there is one around here. Just go down the street and turn right.
我知道這附近有一個捷運站，只要沿著這條街直走，然後再右轉就到了。

I see, you're a great help. Thank you.
我懂了，你幫了我一個大忙，謝謝。

No problem.
不客氣。

By the way, is it far away from here?
對了，那個捷運站離這裡遠嗎？

Not really. I think it's about a 5-minute walk. I can show you.
不會，我想大概走五分鐘就到了。我可以帶你去。

Good to hear that. Thanks.
太好了，謝謝。

You're welcome.
不客氣。

Taipei is really a convenient place.
台北真的是個很方便的地方。

You can say that again.
沒錯。

買東西問價錢

How much is it?

這多少錢？

跟我一起這樣唸

超神奇金字塔學習法！單字變句子

much 多

How much 多少錢

How much **is it?** 這多少錢？

It 這

It is 這是

It is **$150.** 這 150 元。

much 多

How much 多少錢

How much **is it?** 這多少錢？

It 這

It is 這是

It is **$130.** 這 130 元。

052-3.mp3

052-4.mp3

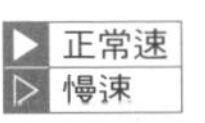

讓我們用主要的英文句子來交朋友吧！

(At the night market 在夜市)

I like this hair band. It's so cute.
我喜歡這個髮圈，好可愛哦。

詢問意願的客氣疑問詞（Would）

try...on 是「試穿」的意思，it 表示前面提到的 hair band（try it on）

We have many colors. Would you like to try it on?
我們有很多顏色，妳想試戴嗎？

問價錢的疑問詞要用「How much」

How much is it?
這個多少錢？

代名詞，表示一個（東西）（one）

$190 for one. $300 for two.
一個 190 元，兩個 300 元。

代名詞，表示兩個（東西）（two）

= I will（I'll）

I'll try the red one, please.
麻煩您，我要試戴紅色的。

★代名詞，用來表示上一段話中提到的某一單數名詞，如果前面提的是複數的話，這邊就會是 ones。

同樣的話也可以換個方式說喔！

★try on 試穿

fit on 試穿

try...on 是「試穿」的意思，我們可以說 try the shoes on（試穿這雙鞋子），或 try on the shoes，如果想用代名詞 them 代替 the shoes 也可以，不過小朋友要記得，用代名詞時只可以說 try them on，不可以說 try on them。fit on 也是「試穿」的意思，fit 字面上的解釋是「適合」，而 fit the clothes on 就是「試穿衣服」的意思。

★How much is it? 這多少錢？

How much? 多少錢？
How much does it cost? 這要花多少錢？

問價錢、多少錢，最簡單的方法就是直接說 How much。much 這個單字修飾不可數名詞，是「多」的意思。英文中，「錢」(money) 就是不可數的名詞，所以用 how much 來問，而非 how many。cost，動詞，「花費」的意思，當名詞時是「成本、費用」。

★$190 for one 190 元一個

One for $190 一個 190 元

相信小朋友跟爸媽去買東西時也一定常聽到這一句，「一個多少，兩個多少」都是買東西付錢之前非常關心的關鍵字。所以一定要把這一句英文記下來唷！那麼兩個 $300 怎麼說呢？我們可以說 Two for $300 或 $300 for two，很簡單吧。

會話加UP！UP！

使會話更加豐富的一句話！

I'll take it. 我要（買）這個。

買東西時這一句一定要會的！千挑萬選終於下決定 (make a decision)，然後問老闆 Any discount?（有折扣嗎？）老闆說 OK, two for $300，你覺得這是個 bargain（便宜／划算），就可以接著說 I'll take two（我要兩個）。

另外，說到東西便宜或昂貴，我們用 expensive（貴）或 cheap（便宜）這兩個詞。形容 price（價格）的高低通常用 high 或 low，例如：One thousand dollar for an LV bag! That's too low (a price)!（LV 包包一個 1000 元，價格太低了！）。

Two for $300.
I'll take two. Any discount?
那把不是我掉的斧頭嗎？

英文單字輕鬆學

一起大聲唸喔！

052-5.mp3

＊ **discount** [`dɪskaʊnt] 名 折扣
＊ **bargain** [`bɑrgɪn] 動 名 討價還價；便宜貨
＊ **price** [praɪs] 名 價錢
＊ **cost** [kɔst] 名 動 成本；花費
＊ **expensive** [ɪk`spɛnsɪv] 形 貴的
＊ **cheap** [tʃip] 形 便宜的
＊ **high** [haɪ] 形 高的
＊ **low** [lo] 形 低的
＊ **thousand** [`θaʊzn̩d] 名 一千
＊ **bag** [bæg] 名 袋子
＊ **much** [mʌtʃ] 形 很多的、大量的（修飾不可數名詞）
＊ **try** [traɪ] 動 試；試著
＊ **fit** [fɪt] 動 合身；適合
＊ **color** [`kʌlɚ] 名 顏色
＊ **hair band** 片 髮圈
＊ **cute** [kjut] 形 可愛的

Unit
53

外出吃飯點餐

英
053-1.mp3

英＋中
053-2.mp3

I'll have a hamburger.
我要一份漢堡。

跟我一起這樣唸

超神奇金字塔學習法！單字變句子

I'll have a dish of French fries.

Are you ready to order?

order 點餐

ready to order 準備好點餐

Are you ready to order**?** 你準備好點餐了嗎？

你以為這樣就會算你免費嗎？

hamburger 漢堡

have **a hamburger** 要一份漢堡

I'll have **a hamburger.** 我要一份漢堡。

order 點餐

take your order 為你點餐

May I take your order**?** 我可以為你點餐了嗎？

I'll have a cheeseburger.
May I take your order?

cheeseburger 起司漢堡

have **a cheeseburger** 要一份起司漢堡

I'll have **a cheeseburger.** 我要一份起司漢堡。

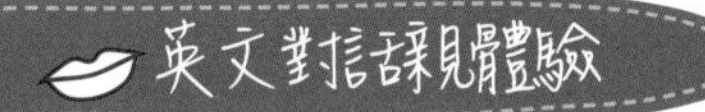

讓我們用主要的英文句子來交朋友吧！

(At a fast food restaurant 在速食店)

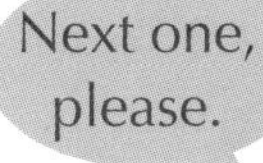

表達下一個，不管是人還是事物都可以這樣用

Next one, please. What would you like to order?
麻煩下一位，妳想要點什麼呢？

表達「我要某某東西」，尤其在點餐時常用到

I'll have a double cheeseburger, medium coke and an apple pie.
我要一個雙層起士漢堡，中杯可樂還有蘋果派。

「中型」的意思。「小的」是 small，「大的」是 large

Sure, that will be $100 in total. For here or to go?
沒問題，這樣總共 100 元，這邊用還是帶走呢？

★For here or to go 是很常用的慣用語，尤其在速食店常聽到，也就是中文說的「這邊用或帶走」。

「一些」的意思，後面可接可數與不可數名詞

For here, please. And I would like some salt and pepper.
這邊用，麻煩您，我想要鹽巴跟胡椒。

同樣的話也可以換個方式說喔！

★Next one, please. 麻煩下一位。

Who's next, please? **麻煩，下一位是誰？**
Next, please. **麻煩下一位。**

這是一句常聽到的英文，不論是買東西、買票、去銀行等等，只要是有排隊的情形，通常就會聽到這一句。所以小朋友，下次聽到這一句時，不要緊張，如果輪到你了，直接把你要說的話講出來。

★I'll have a coke. 我要可樂。

I want a coke. **我要可樂。**
One coke, please. **麻煩一杯可樂。**

I want... / I would like... / I'll have... 都可以在點餐時用，小朋友可以用最簡單的方式，直接說你要的東西，然後再加上 thank you 或 please，譬如說，A sundae, please.（麻煩一杯聖代冰淇淋）。

★That will be $105.
這樣是105元。

That will be $105 in total.
這樣總共 105 元。

老闆在算錢時，他可能不會只說數字而已，可能還會加一些其他輔助的文字。尤其會常聽到「總共」，對吧？total 就是「總共」的意思，加上 in 變成「in total」修飾前面的數字。有時候也可以說 a total of...。例如，There is a total of 15 people here.（這裡總共有 15 人）。

會話加UP！UP！ 使會話更加豐富的一句話！

Excuse me, I am ready to order.

麻煩你，我要準備點餐了。

現在請小朋友想像一下自己在速食店的場景，想想用英文點餐時會遇到的狀況：

狀況一：「我要三號餐」。 狀況二：「我的薯條要加大」。
狀況三：「薯條換成洋蔥圈」。 狀況四：「可樂去冰」。
狀況五：「可樂少冰」。 狀況六：「我要一個打包袋／塑膠袋」。

英文該怎麼說：

★解答一：No. 3, please / I want No. 3.
★解答二：I want to make my French fries large.
★解答三：I would have onion rings instead of French fries.
★解答四：Coke with no ice.
★解答五：Coke, easy on the ice.
★解答六：I want a doggy bag / plastic bag.

現在在拍戲嗎？
Excuse me, I am ready to order.
我想要一份紅蘿蔔餐

英文單字輕鬆學 一起大聲唸喔！

053-5.mp3

＊ **plastic bag** 名 塑膠袋
＊ **easy on the ice** 片 少冰
＊ **onion rings** 片 洋蔥圈
＊ **French fries** 名 薯條
＊ **cheeseburger** [ˋtʃiz͵bɝgɚ] 名 起士漢堡
＊ **Sundae** [ˋsʌnde] 名 聖代冰淇淋
＊ **pepper** [ˋpɛpɚ] 名 胡椒
＊ **salt** [sɔlt] 名 鹽巴
＊ **For here or to go?** 這裡用還是帶走？
＊ **in total** 片 總共
＊ **medium** [ˋmidɪəm] 形 中型的
＊ **large** [lɑrdʒ] 形 大的
＊ **double** [ˋdʌbl̩] 形 雙倍的
＊ **pie** [paɪ] 名 派
＊ **hamburger** [ˋhæmbɝgɚ] 名 漢堡
＊ **ready** [ˋrɛdɪ] 形 準備好的

詢問座位可不可以坐

May I sit here?
我可以坐這裡嗎？

超神奇金字塔學習法！單字變句子

May 可以

May I 我可以

May I **sit here?** 我可以坐這嗎？

Sure 當然

Sure, you may. 當然可以。

You may **sit here.** 你可以坐這。

May 可以

May I 我可以

May I **sit here?** 我可以坐這嗎？

Yes 是的

Yes, please. 是的，請。

Please **take the seat.** 請坐。

054-3.mp3

▷+中→▶
054-4.mp3

▶ 正常速
▷ 慢速

讓我們用主要的英文句子來交朋友吧！

(Sister is looking for an empty seat. 姐姐在找位子坐。)

Is this seat occupied?
No, it's not taken.
這不對吧。

Excuse me.
不好意思。

聲音上揚，表示「是？」、「怎麼了？」的疑問語氣

Yes?
是？

Is this seat occupied?
這個位子有人坐嗎？

★「be 動詞 + 過去分詞」是「被動式」的結構，occupied 的原形動詞是 occupy，「佔用、佔領」的意思，所以這邊用「被動式」的功能修飾前面的 seat，表示「座位被佔用了嗎？」的意思。

No, it's not taken.
沒有，沒有人坐。

★taken 原形動詞是 take，有「佔領、取走」的意思，這邊也是用「被動式」的結構。

May I sit here?
我可以坐這裡嗎？

也可以用 yes 來表達

Sure, you may.
當然，妳可以坐這裡。

同樣的話也可以換個方式說喔！

★an empty seat 空的座位

a vacant seat 空的座位

相信只要去餐廳、去看電影，或者只是要找個座位休息，我們都會希望趕快有個 empty/vacant seat。這兩個形容詞都是指「空出來的」的意思，vacant 還有「空缺的、未被佔走、空閒的」等意思。所以，如果我說 I am vacant today. 意思就是「我今天有空」。

★Is this seat occupied?
這個座位有人坐嗎？

Is this seat taken?
這個座位有人坐嗎？

以上兩句都是被動式的結構「主詞 + be 動詞 + 過去分詞」，occupy 的過去分詞是 occupied，take 的過去分詞是 taken，在句子裡指的都是「被佔去，佔用」。所以，「The seat is occupied.」就是指「座位有人坐了」。如果我們說 I am too occupied tomorrow.，意思就是「我明天行程很滿／我明天很忙」。

★Sure, you may. 當然可以。

Sure, go ahead. **當然，請坐。**

當小朋友在請求別人的同意時，而對方跟你說 go ahead，代表「沒問題，你可以這麼做」。ahead，副詞，意思是「前面」，go ahead 字面上的意思是「前進、往前走」，換言之就是「許可」的意思。例如：

A: I need to talk to you.（我要跟你聊聊。）

B: Sure, go ahead.（沒問題，聊吧。）

會話力UP！UP！ 使會話更加豐富的一句話！

Sorry, the seat's taken.
不好意思，這座位有人坐。

我們一定有替朋友留座位 (reserve a seat for a friend) 的經驗，這時如果有別人來問你 Is that seat occupied? 小朋友就可以回答 Sorry, the seat is taken. 小朋友也許會想 sit 跟 seat 有不一樣嗎？有的，sit /sɪt/ 跟 seat /sit/ 除了發音上的不同（短母音與長母音的不同），用法也不一樣；sit 是動詞，例如：Please sit and wait.（請坐著稍等）；seat 是名詞，例如：Please find a seat.（請找位子坐）、Please take a seat.（請坐）。不過 seat 也可以轉換成形容詞變化，我們最常在一些正式的場合（例如國家慶典，學校畢業典禮），在大家起立唱完國歌或完成宣示後，主持人會說 Please be seated.（請就座）。

英文單字輕鬆學 一起大聲唸喔！

054-5.mp3

* be seated 片 就座
* take a seat 片 就座
* occupied [`ɑkjʊpaɪd] 形 被佔用的
* reserve [rɪ`zɝv] 動 預約；保留
* friend [frɛnd] 名 朋友
* go ahead 片 許可
* empty [`ɛmptɪ] 形 空的
* vacant [`vekənt] 形 未被佔用的；空閒的
* sit [sɪt] 動 坐
* sure [ʃʊr] 副 當然
* look for 片 找
* please [pliz] 動 請
* here [hɪr] 副 這裡

Let's Talk! 長篇對話18

用前面幾課的內容，一起快樂的用英文對話吧！

054-6.mp3　▷+中→▶ 054-7.mp3

▶ 正常速
▷ 慢速

(At the night market 在夜市)

I like this hair band. It's so cute. How much is it?
我喜歡這髮圈，好可愛哦。這多少錢？

We have many colors. $190 for one. $300 for two. Would you like to try it on?
我們有很多顏色，一個 190 元，兩個 300 元，妳想試戴嗎？

I'll try the red one, please.
麻煩您，我要試戴紅色的。

(At a fast food restaurant 在速食店)

Next one, please. What would you like to order?
麻煩下一位，妳想要點什麼呢？

I'll have a double cheeseburger, medium coke, and an apple pie.
我要一個雙層起士漢堡，中杯可樂還有蘋果派。

Sure, that will be $100 in total. For here or to go?
沒問題，這樣總共100元，這邊用還是帶走？

For here, please. And I would like some salt and pepper.
這邊用，麻煩你，我想要鹽巴跟胡椒。

(Jenny is looking for an empty seat. 珍妮在找位子坐。)

Excuse me, is this seat occupied? May I sit here?
請問這位子有人坐嗎？我可以坐這裡嗎？

Sure, you may. It's not taken.
當然，你可以坐這。這裡沒有人坐。

Hello! Andy speaking.
Just a moment, please.
You must have the wrong number.

This is Andy.
Do you have time this Saturday?
Will you come to my party?

Chapter 06

用英文講電話
對答如流不緊張

Unit
55

接電話後馬上說的話

英
055-1.mp3

英+中
055-2.mp3

Hello! Andy speaking.

你好！我是安迪。

跟我一起這樣唸 超神奇金字塔學習法！單字變句子

Hello 你好

Hello, who 你好，誰

Hello, who is this? 你好，請問是誰？

Hello, who is this?
Hello, Andy speaking.

是誰在玩電話！

Hello 你好

Hello, Andy 你好，安迪

Hello, Andy speaking. 你好，我是安迪。

Hello 你好

Hello, who is 你好，誰

Hello, who is speaking? 你好，請問是誰？

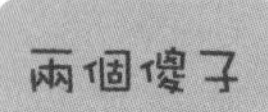
兩個傻子

Hello 你好

Hello, Susan 你好，蘇珊

Hello, Susan speaking. 你好，我是蘇珊。

055-3.mp3

055-4.mp3

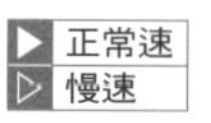

讓我們用主要的英文句子來交朋友吧！

電話「響」的動詞用 ring

(The phone rings. 電話響起。)

＝who is，用 speaking 來表示「正在說話」的意思。

Hello, this is Jenny. Who's speaking?
你好，我是珍妮，請問你哪裡找？
★電話對話中一開始要介紹自己時，要用 this is... 來說明，而不是 I am...。

This is Uncle Danny. May I speak to your father?
我是丹尼叔叔，我可以跟妳爸爸說話嗎？

你爸地被綁架了…
I'll tell him to call back.

= Dad is

Sure, but Dad's not at home.
當然可以，可是爸爸不在家。

= When is

Too bad. When's he back?
真不巧，那他什麼時候回來呢？

= I am　　　= I will

I'm not sure. I'll tell him to call back.
我不確定。他回來時我會請他回電。

Thank you very much.
非常感謝妳。

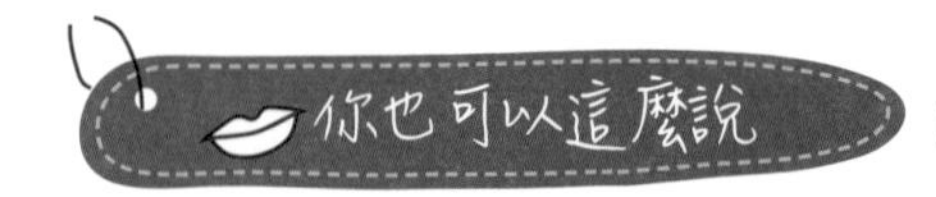

同樣的話也可以換個方式說喔！

★（be 動詞）not here 不在

（be 動詞）not in 不在

小朋友，接到電話之後，如果對方要找的人現在剛好不在時，該怎麼辦呢？不要直接就先說 I don’t know.（我不知道）唷。在電話的對話中，如果對方要找爸爸，但爸爸剛好不在家，我們可以說 Dad is not here. 或者 Dad is not in. 都能表達出「爸爸不在」的意思唷。

★I’ll tell him to call back.
我會跟他說請他回電。

I’ll have him call back.
我會請他回電。

當你在電話中說了 Dad is not here.（爸爸不在）時，接著可以學學這一句唷，I’ll tell him to call back.（我會請他回電），相信對方會感到很貼心，覺得你很懂事唷。tell 在這裡是「告訴」的意思，而 have 在這裡不是「有」的意思唷，而是「要」誰去做什麼的「請、要、讓」。

★This is Jenny.
（電話用語）我是珍妮。

Jenny speaking.
（電話用語）我是珍妮。

接到電話一開始要說自己是誰時，記得要用「This is 某某某」，而不是 I am 某某某。或者也可以用「某某某 speaking」來讓對方知道你是誰，speak 是「說話」的意思，「名字 speaking」表示「某某某」正在說話。

使會話更加豐富的一句話！

Would you leave a message? 你要留言嗎？

在電話英文會話裡的 speaking 指的是「我就是」的意思。所以當對方問你 Hello, is this...? 或 Hello, I am looking for.... 的時候，你就可以回答說「Speaking.」。另外有一種說法是「This is he/she.」，同樣是「我就是」的意思，小朋友要記得不可以說成 This is me. 哦。

英文單字輕鬆學 一起大聲唸喔！

055-5.mp3

* to have him/her call back 片 請他／她回電
* speak [spik] 動 說話；說（語言）
* tell [tɛl] 動 告訴
* call back 片 回電
* have [hæv] 動 有；使、讓
* bad [bæd] 形 壞的
* too [tu] 副 太
* home [hom] 名 家
* ring [rɪŋ] 動 電話響 名 戒指
* phone [fon] 名 電話

Unit
56

請對方稍待

英
056-1.mp3

英＋中
056-2.mp3

Just a moment, please.

請稍等一下。

跟我一起這樣唸 超神奇金字塔學習法！單字變句子

May 可以

May I 我可以

May I speak to **Tom?** 我想找湯姆。

Just a moment please.
到底是要多久啦！

please 請

a moment, **please** 請等一下

Just a moment, **please.** 請稍等一下。

我的包包...搶劫啊！

May 可以

May I 我可以

May I speak to **Joy?** 我想找喬伊。

please 請

a second, **please** 請等一下

Just a second, **please.** 請稍等一下。

HELP!

056-3.mp3

056-4.mp3
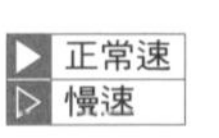

讓我們用主要的英文句子來交朋友吧！

Just a second please.
誰是Joy？
JOY
May I speak to Joy?

…

Hello, this is Jenny.
你好，我是珍妮。

Hi, this is Aunt Suzie.
你好，我是蘇西阿姨。
★接到電話除了說 hello 之外，還可以說 hi，「你好、嗨」的意思。

Hi, Aunt Suzie.
你好，蘇西阿姨。

May I speak to Mrs. Lin? Is she there?
我想找一下林太太，她在嗎？
★當我們想問說「某某某在不在」時，可以用 there 來問，there 就是「在那裡」的意思

Yes, Mom's in the kitchen. Just a moment please.
在，媽媽在廚房，請稍等一下。
＝ Mom is
moment 是指「片刻、時刻」的意思

No problem, thanks.
沒問題，謝謝。

同樣的話也可以換個方式說喔！

★A second please. 請稍候。

A moment please. 請稍候。
Please hold. 請稍候。

小朋友接電話時，這三種用法都很常用，a second 是「一下」的意思，a moment 是指「一會兒、片刻」，有時候我們也可以說 Please wait.。除了用在電話會話，日常生活中也可以用，例如「請別人等你一下」，你也可以說 Please wait for a second.。hold 有「保持某種狀態」的意思，在電話會話中就是「請先等一下」的意思。

★Is she there? 她在那嗎？

Is she in? 她在（家）嗎？

打電話時，當我們想問說「某某某在不在」時，用 there 或者 in 都能讓對方回答你的問題。不同的是，there 是在「那裡」的意思，in 在這裡是指「在家」的意思，所以 in 比較適合在打室內電話的時候。

★May I speak to ________?
麻煩請找 ______，可以嗎？

I'd like to speak to ______.
我想找 ______ 。

小朋友要打電話時，這兩種用法都是可以用的。不論是打電話到朋友家，打電話到公司想找某個負責人問問題等等，都可以用這兩句，同時在電話中也別忘了講「thank you」、「please」等等的禮貌性用語，例如:

A: Hello.（喂，你好。）

B: Hi. I'd like to speak to Jack, please.（你好，麻煩請找傑克。）

會話力UP！UP！ 使會話更加豐富的一句話！

Hold on, please. 請稍候／請別掛斷。
Hold on a second. 稍等一下。
put you through 幫你轉接

前面講過 hold 這個字，它有「保持某個狀態」的意思，用在電話英文就是「不掛斷」。或許小朋友也會聽到別人說 hold on，沒錯，hold on 跟 hold 在這裡意思相同，所以以後在電話裡聽到對方跟你說 Hold on, please 或 Hold on a second, please，就知道是「請你等候，不要掛斷」。還有一個句子可以學，put you through，意思是「幫你轉接給某人」。如果打電話去找的人剛好沒有直接接電話，那小朋友就會聽到代接的人跟你說 Please wait, I will put you through.（請稍候，我來幫你轉接），那我們要怎麼回答呢？簡單的回答 Thank you / No problem. 就可以了。

英文單字輕鬆學 一起大聲唸喔！

056-5.mp3

* there [ðɛr] 副 那裡
* in [ɪn] 副 介 在…裡面；在家
* moment [`momənt] 名 片刻、時刻
* second [`sɛkənd] 名 秒 形 第二的
* aunt [ænt] 名 阿姨
* Mrs. [`mɪsɪz] 名 夫人，太太（mistress 之簡稱）
* kitchen [`kɪtʃɪn] 名 廚房
* hold [hold] 動 握住；保持某狀態
* please connect me with... 片 請幫我轉接到…
* I'll connect you. 句 我將為你轉接。
* put the call through 片 轉接

回答對方打錯電話了

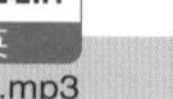

英 057-1.mp3　英＋中 057-2.mp3

You must have the wrong number.
你肯定打錯電話了。

跟我一起這樣唸　超神奇金字塔學習法！單字變句子

May I speak to Peter's mom?
Peter這次考試考零分...

May 可以

May I 我可以

May I speak to **Tim?** 我想找提姆。

number 電話號碼

wrong number 錯的電話號碼

You must have the wrong number**.** 你肯定打錯電話了。

May 可以

May I 我可以

May I speak to **Ted?** 我想找泰德？

number 電話號碼

wrong number 錯的電話號碼

You got the wrong number**.** 你打錯電話了。

057-3.mp3

057-4.mp3

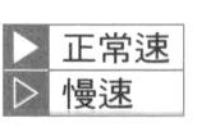

讓我們用主要的英文句子來交朋友吧！

Is this 2356-9080?

No, this is 911 here.

Hi, Jenny speaking.
你好，我是珍妮。

Hi, this is Mr. Wu. I'm looking for Mr. Chang.
你好，我是吳先生，我要找張先生。

= I am

在這裡是「找某某某」的意思，我們也可以用 May I speak to... 來找人唷！

Sorry, there is no Mr. Chang at this number.
不好意思，這裡沒有張先生。

表示「這支電話號碼」，我們要用介系詞 at

Oh, sorry. Is this 2356-9080?
哦，抱歉，這裡是 2356-9080 嗎？
★問「這裡是」或「這支號碼是」，我們可以簡單地用 Is this...。

No, you must have the wrong number.
不是，你肯定打錯了。
★表達「打錯電話」，英文我們要用 wrong number（錯的電話號碼）來表示。

同樣的話也可以換個方式說喔！

★There is no... 這裡沒有…

There is not any... 這裡沒有…
No... / Not any... 沒有…

there is no 後面一般都是接名詞，譬如說 There is no sugar in the jar.（瓶子裡沒有糖）。在我們的情境對話中，我們可用 there is no 句型和 there is not any 句型來接「人和物」，例如，There is no one here.（這裡沒有人）或 There is not any sugar in the jar.（瓶子裡沒有糖）。

★Is this (telephone number)?
這裡是（電話號碼）嗎？

Am I calling (telephone number)?
我是打（電話號碼）嗎？

當你不確定自己打的電話號碼是否正確而向對方確認時，就可以用這個非常簡單的句子，直接問 Is this 0916-888-555? 或者說 Am I calling 0916-888-555?。

★You must have the wrong number.
你肯定撥錯了。

You got the wrong number. 你撥錯電話了。
You had the wrong number. 你撥錯電話了。

小朋友可以用最簡單的句子確認自己打的電話號碼是否正確！如果聽到對方說 NO，那麼小朋友接著就會聽到他／她說 You got/had the wrong number.，也就是「你打錯了」，這個時候你要怎麼回應呢？你可以說 Oh, sorry, I made a mistake.（哦，不好意思，我弄錯了）。

會話加UP！UP！ 使會話更加豐富的一句話！

Pardon? I can't hear you.

抱歉，大聲一點好嗎？我聽不清楚。

現在是「人手一機（手機）」的時代，小學一年級的小朋友也有自己的手機，不過很多時候手機還是會讓你抓狂 (drive you crazy)，像是收訊不好，發現自己一直對著一台機器大叫，希望對方聽得見，這個時候也可以用英文告訴電話另一頭的人大聲一點，你可以說 I am sorry, I can't hear you. 或者 Pardon?、Can you speak up?，speak up 也就是 speak louder，「大聲一點」的意思 。

英文單字輕鬆學 一起大聲唸喔！

057-5.mp3

* **truth** [truθ] 名 真相
* **bother** [ˋbɑðɚ] 動 打擾
* **myself** [maɪˋsɛlf] 代 我自己（反身代名詞）
* **number** [ˋnʌmbɚ] 名 數字；號碼
* **wrong** [rɔŋ] 形 錯的
* **got** [gɑt] 動 得到了、獲得了（get 的過去式和過去分詞）
* **call** [kɔl] 動 名 打電話；通話
* **there is** 片 （單數）有
* **pardon** [ˋpɑrdn̩] 動 原諒

用前面幾課的內容，一起快樂的用英文對話吧!

(The phone rings. 電話響起。)

Hello, this is Jenny. Who's speaking?
你好，我是珍妮，請問你哪裡找？

This is Uncle Danny. May I speak to your father?
我是丹尼叔叔，我可以跟妳爸爸說話嗎？

Sure, but Dad's not at home.
當然可以，可是爸爸不在家。

Too bad. When's he back?
真不巧，那他什麼時候回來呢?

I'm not sure. I'll tell him to call back.
我不確定，我會請他回電。

Thank you very much. Well, by the way, may I speak to Mrs. Lin?
感謝妳。對了，我可以找一下林太太嗎？

Yes, Mom's in the kitchen. Just a moment please.
好，媽媽在廚房，請稍等一下。

No problem, thanks.
沒問題，謝謝。

(The phone rings. 電話響起。)

Hi, Jenny speaking.
你好，我是珍妮。

Hi, this is Mr. Wu. I'm looking for Mr. Chang.
你好，我是吳先生，我要找張先生。

Sorry, there is no Mr. Chang at this number. You must have the wrong number.
抱歉，這裡沒有張先生。你肯定打錯了。

Oh, sorry. Is this 2356-9080?
哦，抱歉，這裡是 2356-9080 嗎？

No. You got the wrong number.
不是。你打錯了。

打電話時立即要講的話

英
058-1.mp3

英＋中
058-2.mp3

This is Andy.

我是安迪。

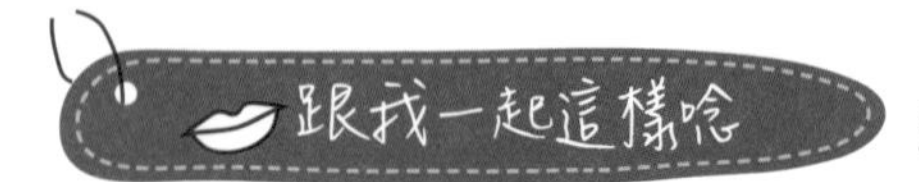

超神奇金字塔學習法！單字變句子

Who 誰

Who is 是誰

Who is this? 請問是誰？

Andy 安迪

is Andy 是安迪

This is Andy. 我是安迪。

Who 誰

Who is 是誰

Who is this? 請問是誰？

Jack 傑克

is Jack speaking 是傑克

This is Jack speaking. 我是傑克。

058-3.mp3

058-4.mp3

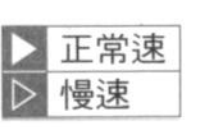

讓我們用主要的英文句子來交朋友吧！

片語，「打電話」的意思，也可以用 calling

(Peter is making a phone call. 彼得在打電話。)

Hi, this is Peter.
你好，我是彼得。

Hi, this is Linda.
你好，我是琳達。

★接到來電的英文問候語可以用「Hi」、「Hello」（音調記得要上揚），相當於中文的「喂、你好」。另外也可以用「Yes?」（音調記得要上揚），只是「Yes?」的用法沒有「Hi、Hello」那樣來得禮貌。

May I speak to Jack?
麻煩一下我要找傑克。

也可以用 Hold on a second

Hold on, please.
請稍候。

No problem, thanks.
沒問題，謝謝。

同樣的話也可以換個方式說喔！

★make a (phone) call 打電話

call 打電話（給）
phone 打電話（給）

就「打電話」來說，我們可以說 I want to make a phone call to Jenny.（我想要打個電話給珍妮），或者 Did you call me today?（你今天有打給我嗎？），或者 I must phone her later.（我等一下必須打給她）。片語 make a phone call 裡面的 phone 和 call 都是名詞，phone 是「電話」的意思，call 是通話的意思。但 phone 和 call 本身也可以當動詞，後面可以直接接受詞，表示「打電話給某人」。

★Hi, this is Linda. 你好，我是琳達。

Hello, this is Linda. 你好，我是琳達。
Yes? 是？

接到來電的英文問候語可以用「Hi」、「Hello」，就相當於中文的「喂」、「你好」。接起電話說「Hello」時，音調記得要上揚，表示你不知道對方是誰，想請問他是誰。另外也可以用「Yes?」來回應，音調記得是要上揚的，就相當於中文的「是」。

★Hold on. 稍等。

Hang on. 稍等。
Do you want to hold? 您要等一下嗎？

在電話裡聽到對方跟你說 Hold on, please 或 Hold on a second, please.，就知道是「請你等候，不要掛斷」。Hang on 這個片語本身有「緊緊握住、保持某個狀態」等意思，在電話用語上是「不要掛斷」的意思，就像是要你緊緊握著電話筒，持續保持現在這個狀態。

會話力UP！UP！ 使會話更加豐富的一句話！

This is he / she. 我就是。

我們在 Unit55 已經介紹過 speaking 的用法，在電話英文會話裡的 speaking 指的是「我就是」的意思。所以當對方問你 Hello, is this (your name)? 或 Hello, I am looking for (your name). 的時候，你就可以回答說 Speaking.。另外有一種說法是 This is he/she，同樣是「我就是」的意思。

英文單字輕鬆學 一起大聲唸喔！

058-5.mp3

* call [kɔl] 動 打電話
* ring (up) [rɪŋ (ʌp)] 動 打電話（英式用法）
* make a (phone) call 片 打電話
* dial the number 片 撥號碼
* on the phone 片 在講電話
* on the line 片 在線上
* collect call 片 付費電話
* extension (number) 片 分機（號碼）
* The line is busy. 句 正忙線中。
* She's on another line. 句 她在電話中。
* leave a message 片 （留）留言
* take a message 片 （抄）留言

Unit
59

打電話約時間

英
059-1.mp3

英+中
059-2.mp3

Do you have time this Saturday?

你這個星期六有空嗎？

跟我一起這樣唸

超神奇金字塔學習法！單字變句子

Do you have time this Saturday?

have time 有空

Do you have time 你有空嗎

Do you have time **this Saturday?** 你這個星期六有空嗎？

我沒空唷，這週末我要睡覺。

Yes 有

Yes, I do**.** 有，我有。

Yes, I have time**.** 有，我有空。

have time 有空

Does she have time 她有空嗎

Does she have time **this Sunday?** 她這個星期天有空嗎？

人家可是王子，居然拒絕人家

Yes 有

Yes, she does**.** 有，她有。

Yes, she has time**.** 有，她有空。

059-3.mp3

059-4.mp3
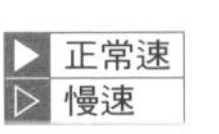
正常速
慢速

英文對話親體驗
讓我們用主要的英文句子來交朋友吧！

Hi, this is Peter. Is this Andy?
嗨，我是彼得，是安迪嗎？

= What is

Speaking. Hi, Peter. What's up?
我是。嗨，彼得，怎麼樣？
★當接到電話之後，對方直接問到你的名字時，你可以直接說 Speaking。

= Do you want to...?，省略助動詞的口語問句

Want to play soccer together?
要一起去踢足球嗎？
★球類運動的動詞用「play」表示中文「打球」的「打」。但是注意唷，不可以說成 play “the” soccer。

Cool, how about this Sunday?
酷喔，星期天怎麼樣？

I'm sorry but I can't that day. Do you have time this Saturday?
抱歉那天不行，你星期六有空嗎？

What's up?
是他砍倒櫻桃樹的

Okay. Let's meet this Saturday afternoon.
好，那我們星期六下午見。

同樣的話也可以換個方式說喔！

★What's up? 怎麼了？；最近如何？

How's it going? 最近如何？

這句話我想幾乎沒有人不會或不懂，好萊塢電影看多了都會學到這句黑人常說的英文。What's up 其實跟 What's the matter（怎麼了／發生什麼事）、How's it going（最近如何）意思相近。

★Want to play? 想玩嗎？

Do you want to play? 你想玩嗎？

這是在口語中常遇到的用法，把主詞 you 跟助動詞 do 都省略，例如，Want to go for a movie?（想去看電影嗎？），或者 Want a drink?（想喝東西嗎／想喝一杯嗎？意思是想喝酒嗎，這個 drink 的含義視對話的地點而定）。小朋友可以發現中文也會有這種省略主詞的情況。

★How about...?
你覺得…行嗎？／好嗎？

What about...?
你覺得…行嗎？／好嗎？

這兩個問句都有向對方建議、提議的意思，只是 What about 比較適合在「正式、嚴肅的場合」使用，How about 就可以在輕鬆一點的場合使用。例如：

A: Want to have pizza?（想吃披薩嗎？）

B: No.（不想。）

A: How about fried rice?（那麼炒飯呢？）

B: Yes.（好。）

會話加UP！UP！ 使會話更加豐富的一句話！

Are you free this Saturday?

你這星期六有空嗎？

free 有「自由」之意，而這裡是指「空閒／有空」，所以問「有沒有空」就可以說 Are you free? 或是 Are you available?，後面加上日期或時間便可。另外如果想問對方「什麼時候方便」，則可以說 What time is good for you? / When is good for you?。如果你建議一個時間，然後問對方覺得如何，就可以說 Is 9 (o'clock) good for you? / Is 9 okay for you?（9 點好嗎／可以嗎？）。

Are you free this Sunday?
我這禮拜天沒空耶
花那麼多錢買高爾夫球竿，氣死我了
$20,000

英文單字輕鬆學 一起大聲唸喔！

059-5.mp3

* **this week** 這禮拜
* **next week** 下禮拜
* **in two weeks** 兩個禮拜之後
* **weekday** 平日；非假日
* **weekly** 每週的
* **last week** 上禮拜
* **two weeks ago** 兩個禮拜前
* **one week** 一個禮拜
* **weekend** 週末；週六、日

Unit
60

打電話邀請對方

英
060-1.mp3

英＋中
060-2.mp3

Will you come to my party?

你會來我的派對嗎？

跟我一起這樣唸

超神奇金字塔學習法！單字變句子

Will you come to my party?

Yes, I will come.
我可以帶朋友去嗎？

party 派對

my party 我的派對

Will you come to **my party?** 你會來我的派對嗎？

Yes 會

Yes, I will. 會，我會。

Yes, I will come. 會，我會去。

party 派對

my party 我的派對

Will you come to **my party?** 你會來我的派對嗎？

快逃，有大難要發生了。

Sorry 抱歉

Sorry, I won't. 抱歉，我不會。

Sorry, I won't come. 抱歉，我不會去。

060-3.mp3

060-4.mp3

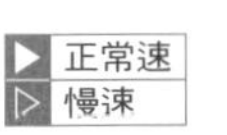
正常速
慢速

英文對話說體驗

讓我們用主要的英文句子來交朋友吧！

Hello, may I speak to Andy?
你好，我想找安迪。

Hello, this is he.
你好，我就是。

Andy, this is Peter. This Saturday is my birthday. Will you come to my party, Andy?
安迪，我是彼得，這個星期六是我的生日，你要來我的派對嗎？

★電話對話中介紹自己時，「我是某某某」記得要用「This is 某某某」來表達。

I'd love to. What time?
我想去，什麼時候？

= I would　　= What time is it

Around 3 in the afternoon.
大約下午三點。

This Saturday is my birthday. Will you come to my party?
好呀，我要去。

See you then.
到時候見。

同樣的話也可以換個方式說喔！

★Will you come? 你會來嗎？

Will you join? 你會參加嗎？

Will you come 或 Will you join 可以獨立成一個問句，用來表達邀約對方是否會前來參加某活動，例如：

A: I am going to the gym. Will you come/join?（我要去健身房，你要來嗎？）

B: Well, I'd love to but I can't.（這個嘛，我想去，但不行。）

這兩句不同的地方是動詞，如果要在這兩句上做延伸，用法會有些差異，come 本身是不及物動詞，後面不可以直接接受詞，join 是及物動詞，後面可以直接接受詞，例如，Will you come with me to the gym?（你要跟我一起去健身房嗎？），Will you join me to the gym?（你要加入我的行列一起去健身房嗎？）

★I'd love to 我想

I'd like to 我想

此用法前面也介紹過，I'd love to = I would love to，當然也是可以直接說成 I love to。當別人詢問你的意願時，你可以這樣回答。另外這兩個句子後面也可以再接動詞，例如：I'd love to go with you.（我想跟你去）、I'd like to try.（我想試試看）。

★What time? 什麼時候？

When? 什麼時候；何時？

what time 跟 when 翻譯成中文時都有相同的意思，但在英文裡面倒是有點差別。當我們用 what time 問對方時，你得到的答案會是幾點幾分，例如 8 o'clock.、3:30 p.m.，但當小朋友用 when 問對方時，得到的答案可能是幾點或日期（星期、月份、年份）。

會話加UP！UP！ 使會話更加豐富的一句話！

Are you in? 你要參加／加入嗎？

這是問別人要不要參加某活動的道地用法。小朋友，如果別人問你是不是已經加入 (in) 了，或者如果你想參加，你可以這樣說：

★Yes, I am in.（是的，我參加。）

★Yes, count me in.（是的，算我一份。）

★Yes, sure.（是的，當然。）

那麼如果你不想參加，你可以說：

★Sorry, maybe next time.（不好意思，或許下次吧。）

★Sorry, I'll pass (this time).（不好意思，這次先不要算我。）

★I'd love to but I can't.（我想但我不行。）

Count me in.
哇嗚，好多人唷，真開心。
我的派對…哇！

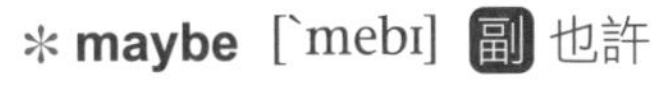
一起大聲唸喔！

060-5.mp3

＊**maybe** [ˋmebɪ] 副 也許

＊**pass** [pæs] 動 通過

＊**count** [kaʊnt] 動 數、計算

＊**concert** [ˋkɑnsɚt] 名 演唱會

＊**gym** [dʒɪm] 名 體育館

＊**join** [dʒɔɪn] 動 加入

＊**come** [kʌm] 動 來

＊**afternoon** [ˋæftɚˏnun] 名 下午

＊**birthday** [ˋbɝθˏde] 名 生日

＊**party** [ˋpɑrtɪ] 名 派對

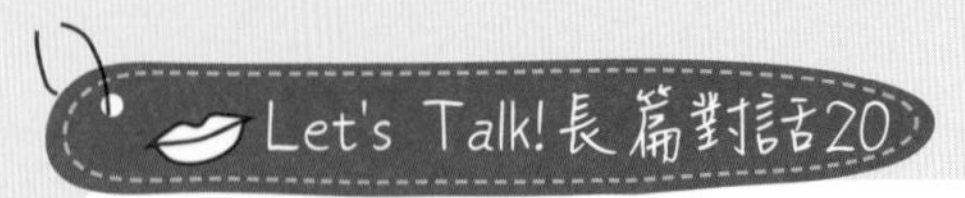

用前面幾課的內容，一起快樂的用英文對話吧！

(Peter is making a phone call.)
彼得在打電話。

Hi, this is Peter.
你好，我是彼得。

Hi, this is Linda.
你好，我是琳達。

May I speak to Jack?
我想要找傑克。

Hold on, please.
請稍等。

No problem, thanks.
沒問題，謝謝。

(Peter is making a phone call to Andy).
彼得在打電話給安迪。

Hi, May I speak to Andy?
你好，我想找安迪。

This is he.
我就是。

Andy, this is Peter.
安迪，我是彼得。

Hi, Peter. What's up?
嗨，彼得，怎麼樣？

Want to play soccer together?
要一起去踢足球嗎？

Cool, How about this Sunday?
酷喔，星期天怎麼樣？

I'm sorry but I can't that day. Do you have time this Saturday? This Saturday is my birthday. Will you come to my party? We can play soccer together.
抱歉那天不行，星期六有空嗎？這個星期六是我的生日，你要來我的派對嗎？我們可以一起踢足球。

I'd love to. What time?
我想去，幾點？

Around 3 in the afternoon.
大約下午三點。

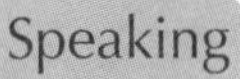
Speaking

請找猩先生。
麻煩給我回動
物園。

Okay. Let's meet this Saturday afternoon.
好，那我們星期六下午見。

Okay, see you then.
好，到時候見。

台灣廣廈國際出版集團
Taiwan Mansion International Group

國家圖書館出版品預行編目（CIP）資料

用美國小孩的方法學會話 / Dorina, Josephine Lin, 麥雁鈴著.
-- 初版. -- 新北市 : 國際學村, 2020.05
面； 公分
ISBN 978-986-454-123-2

1.英語 2.會話

805.188 109003217

用美國小孩的方法學會話

作　　者／Dorina（楊淑如）
Josephine Lin
麥雁鈴

編輯中心編輯長／伍峻宏
編輯／古竣元
封面設計／林珈伃・**內頁排版**／東豪印刷事業有限公司
製版・印刷・裝訂／東豪・弼聖・明和

行企研發中心總監／陳冠蒨
媒體公關組／陳柔彣
綜合業務組／何欣穎

線上學習中心總監／陳冠蒨
數位營運組／顏佑婷
企製開發組／江季珊

發 行 人／江媛珍
法 律 顧 問／第一國際法律事務所 余淑杏律師・北辰著作權事務所 蕭雄淋律師
出　　版／國際學村
發　　行／台灣廣廈有聲圖書有限公司
地址：新北市235中和區中山路二段359巷7號2樓
電話：（886）2-2225-5777・傳真：（886）2-2225-8052
讀者服務信箱／cs@booknews.com.tw

代理印務・全球總經銷／知遠文化事業有限公司
地址：新北市222深坑區北深路三段155巷25號5樓
電話：（886）2-2664-8800・傳真：（886）2-2664-8801
郵 政 劃 撥／劃撥帳號：18836722
劃撥戶名：知遠文化事業有限公司（※單次購書金額未達1000元，請另付70元郵資。）

■ 出版日期：2020年6月
2023年9月3刷

ISBN：978-986-454-123-2